大河源

古马 著

读者出版传媒股份有限公司
敦煌文艺出版社

图书在版编目（CIP）数据

大河源 / 古马著. -- 兰州：敦煌文艺出版社，2018.1（2022.1重印）
ISBN 978-7-5468-1550-3

Ⅰ．①大… Ⅱ．①古… Ⅲ．①诗集 - 中国 - 当代 Ⅳ．①I227

中国版本图书馆CIP数据核字（2018）第012778号

大河源

古　马　著

责任编辑：田　园
封面设计：马吉庆

敦煌文艺出版社出版、发行
地址：(730030)兰州市城关区曹家巷1号
邮箱：dunhuangwenyi1958@163.com
0931-8121698(编辑部)
0931-8773112(编辑部)　0931-8120135(发行部)

三河市嵩川印刷有限公司印刷
开本 880 毫米×1230 毫米　1/32　印张 11.125　字数 194 千
2018 年 4 月第 1 版　2022 年 1 月第 3 次印刷
印数：2 501~4 500

ISBN 978-7-5468-1550-3
定价：68.00 元

如发现印装质量问题，影响阅读，请与出版社联系调换。

本书所有内容经作者同意授权，并许可使用。
未经同意，不得以任何形式复制。

目录
Contents

上 编

青海的草 / 3

罗布林卡的落叶 / 4

倒淌河小镇 / 5

鹞子 / 6

镜子 / 8

忘记 / 10

破冰 / 11

黄昏谣 / 12

幽燕歌 / 14

西凉月光小曲 / 16

生羊皮之歌 / 18

失眠 / 20

雪乡 / 21

幻象 / 23

告别 / 25

雨 / 26

一位老人的话 / 29

荒唐的故事——在海边 / 30

雪夜 / 32

曲终人散 / 34

天堂寺 / 36

赤壁 / 38

赋别 / 40

割草谣 / 42

劈柴垛 / 44

旁白 / 46

寒禽戏 / 47

倾诉 / 48

雁滩花鸟鱼市场 / 49

来世 / 50

山隅——给画家奥登 / 52

风雨忆 / 54

冬旅——写给延俐 / 56

再见 / 58

咏梅 / 59

墓前 / 61

江南小景 / 62

今日 / 63

兴隆山中——赠肖庆平先生 / 64

水墨：薄暮 / 66

净月 / 67

菩萨 / 69

尊者——悼念韩作荣先生 / 71

雪的滋味 / 72

蝙蝠飞 / 74

铁梅 / 75

汉砖 / 76

香水瓶传奇 / 78

瓦釜 / 80

扫雪 / 82

白发令——仿博尔赫斯 / 83

洱海 / 84

大理的一个下午——赠洗尘 / 87

田园诗——赠诗友 / 88

白色念珠 / 90

云南颂 / 92

雨后 / 94

朔方的一个早晨 / 95

某一时刻 / 96

格尔木,格尔木
　　——送星阅赴格尔木以西野营驻训 / 98

残月 / 100

因果 / 101

落日下的宋庄——读《骏骨图》 / 102

西凉雪 / 103

凉州守灵之夜 / 106

沿河散步 / 108

开封——兼致友人 / 110

夜歌 / 111

一月末 / 113

雁滩断句——给贵锋、晓琪 / 114

春日小令 / 117

磁悬浮 / 119

黄浦江上 / 121

城隍庙告语 / 123

外白渡桥 / 125

静安寺 / 127

白云观 / 128

法雨寺 / 129

去白塔山 / 130

雁滩——忆旧兼示延俐 / 132

五泉山 / 133

铁路西村 / 134

小桥 / 135

空谷之听 / 136

又过马牙雪山 / 138

高原：雨前 / 140

堂妹 / 141

公园内 / 143

瓜州月 / 144

敦煌雪 / 145

雁阵 / 147

秋浦——赠少君、胡弦、盛敏 / 148

云岭——赠友 / 150

有所思 / 152

北京的雪 / 153

灯 / 155

枯坐 / 157

乌鞘岭 / 159

悬泉置 / 160

凉州词 / 162

拔火罐 / 164

蜘蛛人 / 166

清明书 / 168

义乌拾句 / 170

星星峡 / 172

太阳岛上 / 173

道外区 / 175

圣索菲娅大教堂 / 177

福利院 / 179

秋天颂 / 181

薄雪 / 182

岁暮——过山丹大马营 / 184

守 / 186

小谣曲 / 188

那一年 / 190

老人 / 192

妖人 / 193

我需要 / 194

变奏曲 / 196

苦音 / 198

小夜曲 / 200

午夜的街 / 201

民歌 / 203

对话 / 204

春夜 / 205

夜雨 / 206

猫 / 207

清早之诗 / 208

阿门 / 210

雨天书 / 212

遛狗记 / 213

清竹放鹤图——赠莫建成先生 / 215

画像记——给戴凌云 / 217

国度 / 219

白蛇传 / 220

下 编

寄自丝绸之路某个古代驿站的八封私信 / 223

南风：献给田野的鲜花 / 227

光和影的剪辑：大地湾遗址 / 230

西凉短歌 / 237

西凉谣辞 / 243

巴丹吉林：酒杯或银子的烛台 / 250

青海谣 / 258

煨桑 / 265

扎尕那草图 / 270

故宫鸦影 / 275

沉默的邮戳 / 279

大河源 / 285

鄂尔多斯：飞行的湖 / 305

反弹琵琶：敦煌幻境 / 314

满江红 / 318

星月菩提 / 322

月光下的梦 / 331

花城记 / 334

南山图——赠杨立强先生 / 337

七月之殇 / 341

孟达令 / 346

上编

青海的草

二月呵,马蹄轻些再轻些

别让积雪下的白骨误作千里之外的捣衣声

和岩石蹲在一起

三月的风也学会沉默

而四月的马背上

一朵爱唱歌的云散开青草的发辫

青青的阳光漂洗着灵魂的旧衣裳

蝴蝶干净又新鲜

蝴蝶蝴蝶

青海柔嫩的草尖上晾着地狱晒着天堂

1998.4.2

罗布林卡的落叶

罗布林卡只有一个僧人：秋风

罗布林卡只有一个俗人：秋风

用落叶交谈

一只觅食的灰鼠

像突然的楔子打进谈话之间

寂静，没有空隙

1998.10

倒淌河小镇

青稞换盐

银子换雪

走马换砖茶

刀子换手

血换亲

兄弟换命

石头换经

风换吼

鹰换马镫

身子换轻

大地返青

羊换的草呀

2000.8.5

鹞子

　　七月在野
　　葵花黄

　　鹞子翻身
　　天空空

　　雀斑上脸
　　井水清

　　抱着石头
　　青苔亲

　　铁丝箍桶
　　腰扭伤

　　鹞子眼尖
　　花淌汗

鹞子冲天

天下嘛，白日梦里一个小小的村庄

2000.12.31

镜子

根不能扎破

水无处流淌

心无处去

水仙

水仙

水银棺材里

耳朵中充满了疑云的男子

他的名字在枯萎

水仙球状的根

他紧攥的拳头

他的名字只是：空无

水放大了

黄昏的脸

蝙蝠

星星的信使悄然现身

2001.12.9

忘记

> 谁来为我们计算我们决定忘记得付出的代价?
> ——塞弗里斯:《大海向西》

有一粒盐,不再去想和一条鱼结伴游走的海洋
有一滴露水、一声鸟鸣、一缕阳光
真的可以淡忘与一个人或者一个世界相关的一切了
是的,一颗星正在教我忘记
教我如何独自摆脱全部的黑暗

但所有"一"让我忘记的并不都等于零
瞧,我描画的一棵洋葱
它能够说出你栽种在地球以外的水仙的品性

2002.3.30
4.5删改

破冰

眉毛挂霜的清晨

一把斧头凭借我体内的热血

大声呼喊那在河流中沉睡的人

醒醒，和积雪的山林

新鲜甜美的太阳

和一匹马垂首啃食的田野一道醒来吧

斧头下迸飞的冰碴

剁冰取火

我只要一尾鱼儿

从我剁开的冰窟窿里

高高蹦起

——当一尾黄河鲤鱼

替那沉睡的人出门探望

我，就是新生活的第一个客人

2002.4.7

黄昏谣

小布谷,小布谷
水银泻进了麦地

和村庄隔河相望的坟墓
炊烟温暖而河水忧伤
离过去很近离我不远
黄昏,黄昏是
被白天砍掉了旁枝的
白杨
头戴一颗明星
站在乡间的土路上

水银泻进了麦地
小布谷,小布谷
收起你的声音
最后的红布

请死去的人用磷点灯

让活着的

用血熬油

   2002.6.23

幽燕歌

一

幽州如井

比天空更深

燕山似玉

比阏氏还白

一个匈奴窥视

大雪冻裂马蹄

幽州埋下石槽

燕山款扭狼腰

大雪落

飞骑无蹄

谁与一个匈奴

青丝白发并辔幽燕

二

燕山堆柴

渔阳煮马

月亮离营地多远

我离火光和铁盔盛酒的战士多远

仿佛一口未出鞘的刀

我

被自己的影子倒提着

在雪地巡逻

端坐在寒冷的尾巴上

愿有一匹白狼逼视着我

像个真正的敌人

2002.11.10
11.16改

西凉月光小曲

月光如我
到你床沿

月光怀玉
碰见你手腕

月光拾起木梳
半截在你手里

另外半截
插在风前

一把锈蚀的刀
插在焉支以南

大雪铺路
向西有牛羊的尸骨

借光回家

取蜜在你舌尖

2003.3.23

生羊皮之歌

白云自白
白如阏氏

老鸹自噪
噪裂山谷

雪水北去
大雁南渡

秋风过膝
黄草齐眉

离离匈奴
如歌如诉

拜月祭日
射狐猎兔

拔刃一尺

其心可诛

长城逶迤

大好苜蓿

青稞炒熟

生剥羊皮

披而为衣

睡则当铺

羊皮作书

汉人如字

2003.8.30

失眠

没有人,没有人在厚重的墙壁上
用手指画一扇窗,很小很小的
一扇窗

一只发红的灯泡
在我脑袋中
像烫人的眼睛整夜盯着我

但我摸不到开关
那个离开我的人
甚至带走了我所渴望的一点儿黑暗

2004.3.14

雪 乡

被雪覆盖的冬小麦

那些地底下的人

愿他们睡得甜美

永远不再醒来

野鸟儿

愿它们熬尽苦寒

看见早起扫雪的新媳妇

在扫净的庭院里撒上一把秕谷

阳光叽叽喳喳

落到地上

又飞上树梢

雪乡的寂静

让你耳朵充满血液

听见每一株枯木里

响起花的咯咯的笑声

雪乡孕育着激情

雪乡多么好啊

好得新鲜、忧伤

好得像一切都才刚刚开始

像我身患绝症的老母亲

白发变成青丝

——她也刚刚成为新娘

她爱着沉睡四野的白雪

她爱着白雪爱着美好的生活

而我尚未出生

我在温暖的母腹中

又怎能瞥见

一口柏木棺材

缓缓移向老家的墓地

2004.12.5

幻象

积雪覆盖的岩石间
明月,幻化成蓬松而清新的
天山雪莲

东一朵,西一朵
在清夜逡巡的雄性雪豹眼里
别有一朵,簌簌而动
像宽衣解带的女人

那热血窜动的豹子犹疑不前
一棵孤单的松树
在它身后

在它身后
投落雪地的树影
已然又斜又长,仿佛一条接人来去的小路

若是你来,你在何处

若是我去,我即通过豹的眼睛

看见你——

明月雪莲

赤裸着,走进我心里

2005.1.3

告别

　　翅膀告别手风琴
　　我告别歌声

　　雪把香留在你腰里
　　雨把衣裳贴紧你的皮肤
　　雨中石榴又红又亮
　　可惜，我的心早已不在往昔

　　我把天空的沉默
　　带进了眼睛

　　　　　　2005.2.13

雨

绿蒙蒙的草原

被雨水洗净的

石头上

刻着经文

刻着你名字

雨下个不停

催眠的雨声

却使

那些石头渐渐长出

透明的翅膀

它们要飞往远方

抱着你名字

飞往

蓝色湖水下珊瑚的宫殿

这一切曾经与我有关

也被你用心接受

雨,在击石取火

雨是过去的证人

现在,云朵

依然低垂

开败的野花

就像完结的爱情

你不恨我

我也不再想你

闪电剔净骨头

我迟钝的心

归于

单纯的雨水

雨默默下

我默默流淌

草原

默默地绿着

2005.7.10—11

一位老人的话

春天里瓜果蔬菜啥也没有下来呵

夏天炎热,啥都会迅速腐烂掉

我也不想死在秋天

秋天的羊肉多么肥美呀

冬天,我心疼得放不下我的孩子们

天寒地冻的,披麻戴孝爬起跪倒可怜得很呐

2005.9.18中秋

荒唐的故事 —— 在海边

你凝视着我
如同俯身凝视一个婴儿
你花海螺的耳坠里摇晃着疼爱的月光

牙牙学语
我应该和晨光一道
学会叫你：母亲

可你何故从我身边退走
提起海浪的裙子
退至群星咸腥、珊瑚沉默的地方

你胸脯起伏，起伏着大海的蓝
在那里，没有母亲的乳汁
只有情人放荡的乳房

当我扛着独木舟走向大海的时候

一枚沉睡的水雷

——你的发髻让我着迷

让我成熟得像个浑身涂抹着棕榈油的男人

血管中回荡不断爆炸的声浪

2006.2.12

10.2删削

雪夜

雪地上
我的影子
是黑色平绒琴盒里
无人抚弄的古琴

北斗星宫外剔翎的白鹤呵
请提起一只脚
轻轻把我影子
　　　　提往你的胸腹

冷到极点
倒禁不起一点儿温暖
冰天之上
我借你翩翩的翅膀
扇凉
谁想扇出漫天大火
焚琴煮鹤

梦中突然坐起的人

摸到了头上

声色的灰烬

2006.3.4

曲终人散

> 春色三分，两分尘土，一分流水
> ——苏轼

我搂过的肩膀
有时是北极雪
有时是赤道阳光

雪和阳光
结合成初春的流水
流水弯曲
杨柳弯曲

在我心里
弯弯曲曲的美
化作泥泞
化作渐渐干硬的路面

萧瑟旅途

鸦影都不见

终于

我被冻出了热泪

搂搂寒风

寒风是唯一可靠的情人

寒风是我自己的肩膀

2007.10.1—2

天堂寺

那些爱上石头的

和爱上马兰的蝴蝶

梦的翅膀一样轻盈

可是你我

多么不同

我供奉一盏灯在佛面前

需要缓慢的时间和一生的耐心

从黎明到黄昏

我点燃水的捻子

你吐气若兰

你说：闪电是空中银楼

所有怕黑的蝴蝶都住其中

你的话来自天上

仿佛幽谷中的灯火

这灯火

为何不由我燃起？为何我的嘴唇

变成悲欣交集的石头

2008.10.4深夜

赤壁

清风周郎衣袖
水月苏子额头

立于田间
一只白鹭
是我传神小照
背景:
一株春天的白玉兰
水的花瓣上
没有火的阴谋
也没有月光的字迹

空明
净了
我有三分钟自在

清风自在

水月自在

三分钟后
白鹭飞走

白鹭带我一起飞走

2009.4.4

赋别

要是在古代
我们就折柳赠别
杨柳依依
行人背后
有月牙五更
有青丝白雪
砧声急
烛影红……

落叶离树
朝朝暮暮
盼回你梦里

但不是梦里
萧萧斑马
已换成波音飞机
想起起飞前

我通过安检门后

回头望你

春衫翠袖

冲我挥手

心中一阵柔软

鼻子发酸

这一辈子

我们还会相见

或在此地

或在他处

但不知何年何月何日

我们都已年过不惑

但我们都不知道明天

将会发生什么

2009.7.11

割草谣

咱俩个好

上山割青草

你割的多

我割的少

老兔子，咧嘴笑

就这么好

白云水里漂

短镰刀挥

长镰刀搂

水有时低，草有时高

草上露

粘我眉毛湿你衣

野花儿紫

紫簌簌

蝶飞东，又飞西

割下的草快快晒

留下的根苦苦守

2009.10.7

劈柴垛

在若尔盖山地深处

随处可见的劈柴垛

敦厚、踏实、沉稳

它们是有记忆的

它们记着大红羽冠的野雉在林间啄食时

回眸对伙伴发出的深情的呼唤

松针上的露珠

是蓝色宫殿的原形

溪流是所有树木美丽树纹的回声

它们记着山果自落

鹰抖落在岩石上的羽毛

与一个山民的老死有关

山洪夺取黑夜的隘口

紫电劈碎崖岸上一烛巨树

山野的阵痛和躁动

却在它们身上无迹可求

时光漫长

那些不动声色的劈柴垛

深陷于静谧的记忆之中——

它们对于美是绝对虔诚的

它们的虔诚经过风雷斧钺的洗礼

最终，要受洗于乡间的烟火

2009.10.25

旁白

什么时候我们才能相见啊

闪电对河流说:
我说出的全部的黑暗才是木兰的躯干
他要雕成独木舟——渡河而去

2009.11.22

寒禽戏

黎明，在黄河幽暗的水边

三五溯流，一二击水，或数不清的一群——

黑的白的黄的还有绿头的——这些毛色相同

或相杂的水禽

以石头内部的微火——相呼着，并自由扩展着

记忆的波纹

它们共同拥有北方的空虚、辽阔以及

流水的静谧深远

泛泛到冰凌与青石低语之处寻找着小鱼小虾

而忘记了浸泡得绯红的脚蹼

它们侧目而思也绝无可能顾及一个

起早贪黑的赶路者内心偶然的怜爱

它们拥有一两颗小星即将沉落时颤抖的寒光和

超越尘世的生活

而我，除了无限惆怅，只拥有它们边缘的

没有方向的风儿

2010.2.28

倾诉

当我盯着你娓娓倾诉时
你或许不知道有另外一个人
躲在你眼睛深处　躲在生活的别处
耐心倾听着我炽热的情感

我爱你　我把酒喝成了水
但那个人即使躲藏在乌有的城市
也知道有一团冷静的旧火保守在我内心

所以你听到的是诗的语言
化作她心痛的是
星辰在我怀抱里熄灭的过程中沉默的消耗
在这不可容纳的二者之间
我是一场地震造成的可怕的裂缝

2010.3.7

雁滩花鸟鱼市场

脑袋上一缕鹅黄的箭翎　雪鹦鹉
竦身而立　如膏火煎熬于一枝独木之上

纯银的链环系在脚上　它多么像我的心
我的心贪恋着生活中点滴的温情——
水生鱼　鱼生花　花鱼养在好人家
太阳照花鱼　月亮老酒壶

鹦鹉面前　休要诉苦
我告诫自己　即使空气都是苦涩的
也要说些甜蜜的事儿
否则　鹦鹉学舌　重复你的心声
会使痛苦加倍扩大　让你心脏一时难以承受

如气球突然爆炸

2010.3.21
4.5四稿

来世

一只蚂蚁

它通体的黑

或许由一个人前世全部的荒唐和罪孽造成

它不会知晓

也不会用文字记录情感

纯粹

自在

它有性欲

只它身体一般大小罢了

不似被一代又一代的情种挖成寒窑的月亮

会引发冲垮海岸的潮汐

它黑得无足轻重

取消了暴力

甚至

你惋惜的余烬

在日落中
它所看到的
不会是痛苦的黄金

像摆脱一个句号
它在我的诗中稍作迟疑后
触角
探向未知的境地和它本身的命运

2010.6.26—27

山隅
——给画家奥登

溪水潺潺

天空的蓝和云朵的白

你打开所有的卷心菜也再难找到

鸡儿觅食的草滩上

一片金露梅兀自盛开

那么的热烈,如同黄昏炉灶中的柴火

在此山隅

谁能配享卓玛的茶炊

谁配享天籁之音和黄铜般静谧的日子

山腰缓行的牛角

恰似月牙儿光色动人的幻影出没于雾霭

可惜,我不是在溪水边对景写生的画家

——已经陶醉,已经忘乎所以

亦不是那牧人,正驱犊返家

一朵乌云带来一阵急雨

我，只是挂在牧场围栏的

铁丝上的一排排雨珠

　　　　　　　2011.8.28

风雨忆

风雨如晦

绿烟伤心,芙蓉有凄凉的身世

不说也罢

有一座塔

在云间在大雁的翅膀之上

你说,有一盏灯在塔中

如抄经人的额头

如我橐橐的足音

时时出现在你梦中

风雨凄凄

皂荚落地——那紫檀色的小妆盒

仍然哗哗啦啦不失阳光的快乐

在大慈恩寺

你捡起这样的一枚皂荚送给我

你说,你因相信那塔中的光芒

相信雨后，有那引渡的虹桥

而甘愿饱受所有风雨的滋味

且自珍自爱，且如这皂荚苦中有乐

风雨潇潇

芙蓉带笑，且带着泪珠

那时，我们在同一柄伞下呼吸

听得见彼此的心跳

伞盖青青

仿佛人间一片最圆最小的荷叶

不说也罢

2011.9.10

冬 旅
——写给延俐

年关近了
黄昏里次第亮起大红的灯笼

红光映雪，木栅低矮
炊烟熏醉山头的星星
醉了的，还有那明天将要合卺的新人
他们将要交换瓢中清水，庄重饮下
看见自己喜悦的泪花，出自对方眼中

大红灯笼的村庄，鸡叫前升起太阳的村庄
周围深山老林中
积雪压折松枝的声音一定令松鼠吃惊
人类的觊觎
一定令那沉睡千年的老参平添了几道皱纹

二十年前过此地
二十年后经此山

火车长长的嘶鸣提醒，那村庄并非我们的
村庄，那早已是山海关外白雪茫茫美梦一场

2011.10.6

再见

不是你单独陪我散步
被正直放弃的树木
流浪狗躲避的半脸汉
都是街道上飘忽的影子

黄昏星
或许就是一只窃听器
绝非一杯柠檬水
在街角的咖啡厅

好了
就让我离开你吧
远些,再远些

直到那颗星
变成一枚钻戒
戴在你拾起的手上

2013.3.17
2014.3.4改旧稿

咏梅

一

薄透的晨光中
两只停止争吵的鸟儿
绕树三匝
飞向大河对岸

河水缓慢
她更从容
她带着内心积攒的雪
迈上黑铁枝头
做花的眺望

二

精力即火焰
心血即云霞

舍得的人

总有花头

花落水流
她身体里的春天
为何花不光
诗人的叹息

一枚夕阳
把一个帝国说花就花光了

2013.3.31

2016.5.21删改

墓前

我把一枝花搁你墓前
鸟雀暂去别处说话

我把三杯酒洒在风中
土地愈发沉默

我把响头叩在地上
落日领着你身后青山
走下地平线去

走回家去

2013.4.4清明
5.26删改

江南小景

在糯米纸一样甜的雾里

荷花,浑然忘记了

藕断丝连的成语

荷花,怎么会有暗伤呀

一只提腿收胸的白鹭

立在漠漠水田中央

美如雨天的瞌睡

它快梦见了

梦见,我和你坐在自家屋檐下

看着那些菠菜

那些芫荽

淋着细雨生长

收尽了天地的青翠

我们坐着,看着

看到老,也没说一句话

2013.6.2

今日

十月蟋蟀入我床下

吞下霜天里的不平

咽下它声音里细小的刺

哑默是我们最安全的睡袋

暗自闪光的流水

星子的枕头

梦里梦外

犬吠

剥落暖瓶瓶胆上的水银

>   2013.9.30
>   10.2

兴隆山中
——赠肖庆平先生

一些松果长在树上
一些松果滚落草地

长在树上的松果
像我们
像我们一起
往四下里观看

滚落的松果
哪一枚滚得最远
沿着石头台阶
滚进落日

——那滚得最远的
恰似成吉思汗的金盔
那烂得最快的
是松鼠的嘴

松鼠还在高高的树枝

　　翘着尾巴

　　松鼠,不在我们眼里

2013.10.4

　　注:1226年夏,成吉思汗率军征战西夏,曾在兴隆山消夏避暑。1939年,其灵榇由内蒙古伊金霍洛迁到兴隆山,暂厝十年之久。

水墨：薄暮

都市

病入膏肓的人在昏热中等待着

星星的银针

刺穿雾霾

注入一瞬的清凉

"啊"、"啊"

一只野鸟从河面飞过

它悲苦的声音

燃起

四周战栗的灯火

沉落在流水中

丝绸之路上可汗和王妃的金珠缨珞昨是今非

如梦依稀，明明灭灭

枯木歪脖得意

薄暮，自是一幅绝妙的水墨

2014.1.1

净月

我回来了

浑身烟酒气味

回到居家的小区

影子湿漉漉

漏水的橡皮筏子

拖在身后

偶然抬头

楼顶的月亮

就像一片药

就像十全十美的童年

胰子在母亲手里

那么白那么净

就像

我拾过杏花玩过泥巴的手

那么白那么净

"月亮亮，月亮光

开开后门洗衣裳"

我要流泪了

我逼迫无声的泪水

倒淌回脏腑

洗洗我心

好让中天月

瞅着我

也还是那么白，那么净

2014.1.5
2.5删改

菩萨

> 行已有耻
> ——《论语·子路》

他又回来了,眼窝深陷
膝盖的补丁比月光粗蓝
他站在我心里面
比我说不出来的痛苦
还要高大

我是他的父亲还是儿子

他走过崎岖的远路
旱地追鱼水路拔葱
一只手被河蚌扣紧后生吞了
另一只皲裂的手
托着一只空空的碗
行乞到我面前

惶恐而卑下

他是我的父亲还是儿子

当我午夜惊醒

唯有愧悔满心

无可施舍

他或许是我的前世来生

孑然失散梦里无影无踪

2014.2.5

尊者
——悼念韩作荣先生

白山黑水

六十六度春秋,那用生铁的泪水

和从他指甲缝里不断剔除的污垢绘制自画像的人

他额头的皱纹混同于闪电的线条了

闪电。血痕。

血痕。闪电。

且看他从中扯出一条晾衣绳

悬置身后

且晾晒着诗人们清瘦的影子

那些散发出太阳香甜气味的作业,让我们

一同交给时间

2014.2.6

雪的滋味

一

雪,悄悄降落

降落在人们的睡梦之外
在河流两岸、街衢、树梢、花坛
路灯青白的视线内
一辆停运的出租车的车顶上

静谧,新鲜
雪,除了雪本来的面目和清冽的滋味
它拒绝形容,拒绝成为黑夜的反义词
或者仁义与盐的同谋

甚至拒绝
一个睡眼蒙眬的起夜者
透过洗手间窗户怔怔张望片刻后
转身将五点钟的雪意带进残梦里的念头

雪落无声

一钩金属的新月
浮现在清真寺塔楼的尖顶
在更辽远的夜空，与雪花晤谈

二

雪的造境：一座白色的拱桥，在黄河上隆起
带着我们跨入白银时代

那时，我在银雾的桥墩下呵手跺脚
像尾生，期待一场约会
睫毛上的霜雪已经甜如糖膏

那时，我想到雪岭以外
你围着太阳火红的围巾
踩着咯吱咯吱的蓝雪，正一步一步向我走来

2014.2.9雪后

注：1.五点钟的雪意，出自卞之琳诗《距离的组织》："友人带来了雪意和五点钟。"

2.尾生，出自《庄子·盗跖》："尾生与女子期于梁下，女子不来，水至不去，抱梁柱而死。"

蝙蝠飞

蝙蝠飞飞,钟馗跟随
蝙蝠眼里,有三个小鬼
一个东躲,一个西藏,一个要去钻到枣树腋下耍碗

枣儿半青,绿风恼人,扬一把土,他忙跑,我快溜

醋熘白菜,溜溜的清香,溜出谁家的屋檐了
黄昏昏黄,讨吃鬼躲闪。钟馗红着夕阳的脸
站在一条深巷的巷口

2014.2.15

铁梅

铁工厂，叮当当。白铁皮烟筒挂冰糖

清水沾木梳，她不关心钢铁是怎样炼成的，也不关心
镜子背面南京长江大桥美如祖国的朝霞。清水沾木梳
铁锤铁蛋还贪睡

铁锤铁蛋慢些长
铁锤穿短的裤子接长了铁蛋接着穿
清水沾木梳，雪花膏没钱买

铁梅是你们的，不用花露水的姐姐，也是我的
比遥远更远的一个梦，一个边疆的真实而普通的清晨

2014.2.15

汉砖

我的父亲希望我练出一手好字。他特意请人从武威县东河公社王井寨汉墓中找来一块五十公分见方的青砖，并寻红土充墨，令我习字。道是，在砖上练得好就可以写宣纸了。在父母严厉的监督下，我每天下午放学都要端坐个把小时，用毛笔蘸着调和在瓷碗里的红土汁水，在两千多年前的青砖上胡涂乱抹。那在地下陪伴过无数汉简的八公分厚的青砖，或许知晓汉字就是汉人有棱有角的脸面，就是汉人大风起兮云飞扬的魂魄，或许压根儿不解痛痒，不会大笑，不会大哭，不会如我悬肘提腕，却心猿意马，满脑子想着外面的巷道里小伙伴们或弹玻璃球，或打着三角输赢花花绿绿的纸烟盒，喧哗而又神情专注——那是夕光中快乐无比的情形，那是金色的魅惑啊。横平竖直，点圆勾方，我开叉的毛笔却不能随意离开那块慢用笔画如骨肉的青砖，直到我昏昏欲睡，一觉四十八年，还依稀梦见母亲惩我偷懒或罚我干了一件小小的坏事，让我长跪在地，双手扶定顶在头上的那块血色浸润的巍巍的青砖，悔过自新，且须做到端端正正，否则就要被笤帚把抽打骨拐……金色的魅惑，金色的烟尘，唯有汉砖方正敦厚。

2014.2.16雪天

香水瓶传奇

花的水晶牢,打破时
三魂飘飘,七魄出窍,精气不知高低
到处乱撞

这飞魂散魄乃是花的言语,前生月下吟过
凉风粗鲁,无心听解。客官休要嗔怪
此际倒来冲撞于你

冲撞。冒犯。
就拿这长久压抑的言语,给你文身
让你当回九纹龙史进,认清娼妓姓甚名谁
让你是浪子燕青,满身花绣,走一遭东京

客官,花说
你是有血有肉有情有义敢爱敢恨
快活也紧烦恼亦甚,不枉度此生

珍重吧客官

言语文身，花的妖气芳泽

你已深藏于心

用君之心，行君之意

客官，你是收魂摄魄的香水瓶

你对未来尚有托付

2014.2.22

注："用君之心，行君之意"，出自《楚辞·卜居》。

瓦釜

瓦釜雷鸣

九州闪电

夺取耳朵炖肉

夺取眼睛煮鱼

瓦釜顶在一群人头上

他们引身续薪

黑夜里的白骨

一群,又一群

没有嘴巴,却津津乐道

网状的闪电

是贵妇人乳房上蓝色的静脉

描述一座雪山,两粒闪烁的灯火

那灯火的胡椒

是贵妇人的珠宝

是一国人的珠宝

人群欢欣鼓舞

白骨散架

瓦釜雷鸣

九州闪电,自雪山的肉体上

升起一棵需要崇拜的大树

                2014.2.23

扫雪

清音独出

黎明前的窗外

一把扫帚

没有扫除不到的雪

包括时间的缝隙里

因为担心睡不安稳

刚刚从死鬼头上生出的白发

天下积雪

天下大寒

一把扫帚

还无道于有道

独醒之人

太阳

背着一捆滴水的柴火

已经上路

2014.3.9

白发令
——仿博尔赫斯

我爱我的灰烬之花

它忧患的根
分裂我心脏的闪电
一遍遍告诉你们
包围我的黑暗,和包围上帝的一样密实
我的清贫和充实,同样和上帝的一样耀眼

我爱我日日夜夜用热血浇灌的灰烬之花
我爱我的诗篇
被你们在困苦失意的时候从心底里叨念

2014.3.9

洱海

一言难尽的蓝
一个花篮
挎在菩萨的臂弯

笑吟吟
朝我走来
菩萨赤足
衣袂飘飘

苍山如带
远远
飘拂于她身后

我的心
敢是一枝红杜鹃
别上她三月的花篮

我的心

敢是昨夜崛起的笋尖

渴望吟啸

渴望被她拾进

那星月盛开的花篮

请眷顾一个跛足的行者

请在我最灰暗的时候

疼爱我吧

菩萨白净

在我热切的目光里

她突然低眉垂目

脸颊微微发红

像一个涉世未深的小尼姑

在云南的黄昏

在人与神的边疆

心猿意马

挎在她臂弯的花篮

蓝得

如同人间的墨水

一言难尽

2014.3.30雨日

大理的一个下午

——赠洗尘

一家临街的木器店里
一个手艺人埋头雕刻着
缓慢，耐心
仿佛二胡的弓要从琴弦上捞起泉水中的月
捞起桂花花瓣上的纹路，细如谁的发丝
在乌有的月宫中

一个鼻梁上架着玳瑁眼镜的手艺人
如此耐心，如此缓慢，偶尔迟疑着
试图要把硬木深处遇见的一个疤痕改造成花的眉眼
或是一只飞翔的蝙蝠，带着雕花的木门
在边陲古镇安家落户

哦，就在他片刻的迟疑里
我认出了自己，一个隐姓埋名的诗人
在古老而又漫长的时光里，静静守候着
每一个劈柴架火茶炊熏醉落日的温情无比的黄昏

2014.3.30

田园诗
——赠诗友

在边疆,在这山水间租种三五亩地
种上蔬菜,养一群鸡,盖几间瓦房
要有屋梁,廊檐下招引飞燕的椽子
有朋自远方来,可以下榻,蔬食把酒
闻鸡当肉,随手从窗外扯一片白云
擦擦脸抹抹嘴巴,老朋友聊得畅快
再碰一杯水酒,从早至晚,静等彩云追月
山河朦胧,虫声四起,彼此唱和

云南多白云,一位七十多岁的白族诗人
日光具体到他黝黑粗糙的皮肤上
具体到他跟我唠扯的话里话外——
隔三岔五,我会骑着自行车,捎带些
沾着露水气的蔬菜,到邻居家串门
顺便说说今年地里的收成,一棵树
如何用它无毒无害的青红果儿
留住了一个虫眼

小虫大宾

虫眼是天下最甜美的旅舍

2014.4.6

白色念珠

一

象牙白

虫蚁来

白色花瓣

漂浮

在黑暗的杯子里

与生俱来的

非洲儿童的眼白

二

一串白色念珠

象牙的

持有即是作恶

祈祷即是玷污

三

你们信吗
终有一天
一颗人造卫星
靠近月亮的时候
突然变成了一头找到妈妈的小象

可怜，温顺
让在人类的想象中
复活的那头白象
顿时奶汁充盈

2014.4.7

云南颂

丛树杂花

丘山比土匪惯常

云来云往

人民有情有义负重若轻

一片云

撒落一阵铜圆也似的雨点

一份聘礼下在山后

下在山前

一株红山茶

一位新娘的魂灵儿

藏在一个黑汉子的酒坛里

浅尝是酒

深醉是云

云雨呀呼嗨

雨中冒头的蘑菇
都是土匪的种都是草民
咿咿呀呀的山野小调

2014.4.13

雨后

可怜那株丁香

昨夜

一位穿着紫色碎花衣裳的女子

挽着雨滴的包裹

从它纷繁的梦境中私奔了

河水浑浊

我的影子

投落在雨后涨潮的河面上

和那株消瘦于岸上的丁香恰好构成了一个绝妙的直角

带着泡沫与田野的气息

洋洋春潮是如此的腥膻如此的势不可挡

一轮朝晕,刚刚从我背后升起

2014.4.19

朔方的一个早晨

群山横亘

那摆脱了黑暗的马群是安静的

沿着山脊铺展到山坡平野的阳光

青嫩、甜蜜

仿佛正和遍野生长的西瓜上最最美丽的条纹

谈论着自由舒展的意义

如此辽阔的一个早晨

我还看到了在群山之中傲然生长的白色的三叶树

巨大的三片叶子,借着风的力量

形成了一个绵绵不停地转动的叶轮

一朵向远方输送光明的花朵

如此辽阔的一个早晨

巡阅的车窗后是我经过岁月蚀刻的脸

2014年8月27日清晨

某一时刻

想和一个人喝酒、说话
无酒也罢,无话也不找话
只远远瞅着那一个人素面望月

那一个人,那一个人
一片洁白的羽毛开始飞升
脱离黑铁的大地
渐渐
飘融于万古云霄

尘世多羁绊
却再无那人身影
草露破涕,此刻雪月
在一株无中生有的桂花树的树梢
埋葬了我
饱含欲望的嘴唇

雪月空明

一粒新生的尘埃

不惧不忧

2014.10.3

格尔木,格尔木
——送星阅赴格尔木以西野营驻训

灯火的城

灯火不会厌倦

灯火高于星辰

星辰散落四野

四野蔚蓝

云豹茫然不悟身在何方

美玉身在何方

谁似闪电

追寻昆仑隐秘的矿脉

追寻

通往瑶池的道路

大雪铺盐

半途中的白鸟

心旌摇荡

前方是瑶池的春天

后面是格尔木泪花晶莹的灯火

祝愿的灯火

祝愿多么温暖

祝愿有人

随闪电行动

一起行动，一般敏捷

祝愿一个头戴羚角的神仙

在星辰集合的野外散步

意外遭遇车灯照射

祝愿他在

雪白的光柱里

惊愕不知行动

他目光清澈

让人类发现自己心中的杂质

只用三秒钟时间

2014.10.7

残月

西沉之月

冬日河边一小块干裸的空地

有着被黎明流水背叛的灰白

落叶上的霜

贪欢之人错爱后蚀骨的空虚

清水里的沙白迎来菜市场新的一日

2014.12.11

因果

隆冬。晨光朦胧。

那围拢着一小堆枯枝败叶烤火的皲裂的双手,
是它们前世的因还是后世的果?

两只野鸭逆流而上,
形影相随。

2014.12.11

落日下的宋庄
——读《骏骨图》

落日燃烧

一匹马摆脱皮肉后

如拒绝被锈蚀的钢铁仍在狂奔

奔向自身

寒风呜咽

星光在前

如同青草生长

如同铁蒺藜暗藏

落日咴咴

一位光头画家捏在手指间的酒盅

晃出马的汗血

关山勒马者

放眼世界　放鸟还林

2014.12.14

西凉雪

> 十二月二十四日入故乡,是终身住所吗?哦,雪五尺!
>
> ——小林一茶

一

罗什寺里的甘泉井
古佛这般充盈
雪眉积攒从古至今的新气

二

抄经扫雪
扫雪抄经
焙熟的青萝卜片熬酥油茶别有滋味呀

三

百衲衣

披坐披行过一生

廊前看雪。食指上的雪花眼见就化了

四

风铃悬挂飞檐

舌头埋葬雪下

对天说甚对地说甚

五

有一个人从我心里走了

没有她没有雪

小麻雀你来在这净土落脚,说说话儿

六

从早到晚的雪下到远山去了

从一盏青灯倾听梅花绽开的声音

不如从我骨头缝里听到的真切

七

冻梨穿冰甲

市井晨炊的热气

鲜于羊奶

2014.12.27

后记:十二月十九日回故乡。二十日大雪。二十一日清晨入鸠摩罗什寺散步,雪日空气清冽,不闻人语,鸟亦卷舌入喉,我自宁静喜悦,若有所思。回归兰州,得闲时分行追记。

凉州守灵之夜

> 将她已经够不着的青杏枝弯向母亲吧。
>
> ——弗兰西斯·雅姆

我反复想到一个静谧的月夜

水流涓涓,浇灌青苗

你描述过那清亮温暖的月光

细细渗透春天的根系细如针线

提灯浇水

不是马灯,是那一盏月亮

仿佛还在昨天,还提在你少女的手里

麦秀离离,麦苗儿青

青青微风,小如青杏

杏前一场香雪

一阵白里透红的云

是你再也不能回去梳头
不能回去踢毽子的杏花村呐

如今,你从我揽抱的怀里
变成一个绝望的冰冷的时刻——
2006年8月24日1点40分

窗外的月
你失血的指甲上一个洼陷的白点
如何能将生死焊接在一起

2015.1.11

沿河散步

你在我左边
或右边

你不在时
河水依然奔流

青青河边草
青色留住的是那一日
山河好味道

远山青黛
喜鹊兴许仍在天河搭桥
野禽三五只,只在人间
在这边凫水

水暖沙暖
那已初春了

你在我左边或右边

指给我看

有两只左右追随的鸳鸯

在流水里戏耍够了

上岸时本能地拍动翅羽

透亮水珠

在阳光里起落

亦真亦幻

那已初春了

自在、深情

你我左右都跟河水一样

2015.1.17

开封
——兼致友人

大相国寺的菜园子在哪里呢

倒拔垂杨柳

鲁智深留下的那个树坑

一个经久不能合拢的

惊愕的嘴巴

敢有一些雨点

种大蒜

明或暗

我到此装蒜

入寺听《普庵咒》

不啖狗肉

也颇似一颗济世的雨点

风吹雨

奈何遭呵斥——

滚！到哪凉快去

2015.1.25

夜歌

好书无书
好梦无梦

离群心远
我心自成星空

哎呀一声
一颗流星
把她带走

一屋黄金
半缕烟尘

我心自成星空
星星
从井水里
——浮现

正如词语

无中生有

2015.1.25

4.18改

一月末

树上有少许蓬松的积雪

不是枯柳不是瘦槐

是清晨,在松树的树冠上

我们低语着

雪粉簌簌落下

许多日子都逝去了

河水浑浊

今又清变蓝像上世纪七十年代

穿旧穿短的裤子接新接长了

2015.1.31雪霁

雁滩断句
——给贵锋、晓琪

一

灯光聚众

红鱼一群

鱼等闲,湖边醉汉

吹风呼哨

树影,春风里摇

二

星星密实

麻纫鞋底

白杨不识闲

夜深了

还站着说话

三

炼丹炉撮豆

弼马温烫手

流星不顾老君

种青菜,天庭外

四

心存锦绣

痴人说梦

鱼儿星儿

互通款曲

肝胆

对联

五

雁滩雁滩

雁是孤王

曲终人散
风叠细浪

2015.3.22初稿

春日小令

一

大河之上
两只野鸭子若即若离
两个小孩
同坐一条板凳
掏零食穿花衣

二

柳丝绿到鼻子尖了
绿到膝盖了

上弦月
好生白净
她的袜子

三

旭日薄润

她在杏花的花瓣上醒来

四

翩翩河上雁

秒度五十年

青蛙跳绳

淤泥上

2015.3.27

磁悬浮

假若我去看你

跑得这么快,不顾一切

二百三百到四百以上公里

瞬间提速

头发早就着火了

衣裳早就着火了

骨头早就着火了

我的眼睛

三分钟前

早就弃我火焰冷却为水蒸气的形骸而去

两点灵光

围绕着黎明前的一幢摩天大楼

滴溜溜乱转

钢化玻璃全封闭阳台

上上下下

哪一处晾晒衬衣

哪一件散发着苹果花初绽的味儿

如是你的

如是我的

                              2015.4.18

黄浦江上

一艘远洋货轮
压仓的梦
比铅块沉重

正午
太阳的光线几乎生锈了

一只海鸥
慢悠悠,仿佛前清
一册宣纸装订的闲书
在水面之上

鸥影翩翩
过了清末,且过了民国
时至今日,货轮的
汽笛声
陡然飙升起资本红雨万丈的喷泉

玄机四伏

我浑然不知吴淞口外

雾有多大

浪有多高

2015.4.18

城隍庙告语

风在青草上奔跑
风真好看

花儿
挂在树的胸前
有谁盯着贪看
一跺脚
飞红数点
不减落日的温度

落日本是花痴
我晓得
城隍也晓得

请落日
退下
退至两千年前春申君门下

我自上前
拜见城隍

偶尔路过
我是来自大漠的取经人
我只要取回黄浦江的涛声
与一艘百万吨级远洋轮船船长的航海日志
"明月直入
无心可猜" （李白）

2015.5.1自上海归来数日后追记
2017.3.16删改

外白渡桥

　　伞撑在头顶
　　灯掌在手上
　　仔细脚下

　　风浪
　　不会数数

　　有人
　　数雨点
　　数回光绪那年

　　把苏州
　　数青
　　数黑

　　黑而湿
　　一朵花的花蒂

隐于上游

丝弦以外

苏州河河口

此时有人

横渡苍茫

灯掌在心上

伞扔进河里

一只海鸥尖叫

一个外国女人雪白的腰

被天空的手

猛烈攥紧

一座桥，遭遇破坏

于彻底毁灭中

语言形成

我钢铁的骨架

2015.5.1—2

静安寺

（寺藏八大画作）

施主请茶——

请。
一根松枝旁逸斜出，
若八大嶙峋的手。

有鸟衔杯飞过，
涌泉晃动，
一盏热茶，
抛洒三两颗星星。

遗民泪。
红豆。
罢。罢。罢。

且静。
且安。
且随日影一道见石钵上的佛。

2015.5.3

白云观

一朵翻墙的白云
进去许久不见出来

屋瓦越发黑了
苍苔生动的表情
月光有没有留意

鸟嘴紧闭
早晨五点以前
它不好说破
一棵古树的树冠
如何被一道士心脏里
彻夜不息的马达声
撑圆了撑高了

它年轻的胸脯下
一团梦想的白云也是
凉了热了

2015.6.6

法雨寺

关节酸痛

竹子的脚

往石头缝里火里黑里一直走吗

月带竹影上窗纱

蛐蛐无我

怎的念经

它们不倦的声音

快把黑夜镂空成一口钟了

吐血打钟的太阳

谁这时想到你

谁就要忍住心口的疼

忍住一声咳嗽

一滴竹露,接着一滴竹露

2015.6.6

去白塔山

桃花已经开了

我们去后山挖笋吧

雨后春笋

有昨夜铁马叮当的滋味

叮叮当当的雨点

来自那一座白塔

来自元代

凉州

胡姬弹拨琵琶之纤手

(纤手清闲

恍惚你遥指花红的手影)

桃花已经开了

我们去挖笋吧

雨后春笋

昨夜星辰兀自生长

在后山树林里静静生长

山前,我们拐弯的坡上

连云桃枝破颜一笑

一双蝴蝶飞出

飞去山后报信——

有客有客

布衣冰心

2015.6.7

雁滩
——忆旧兼示延俐

风吹果园
几个农民屁股下横着铁锹
坐着休息坐着卷烟坐着看云
看我们骑着自行车
万绿丛中身影高低起伏
衣襟飘飘,携带苹果花梨花的香气
向着傍晚初升的又大又黄的月亮骑过去
一直兴奋地骑过去直到炊烟招手链条掉了
直到雁声送玉直到有一天我们回过头来
塔吊林立。吊车钢铁的长臂猛然把我们拎起
在半空,不知放归何处

2015.6.7

五泉山

古木是不会抱头乱跑的
人的影子被吹飞的纸
空中电线黑云坠压

一阵疾风一场雷雨
你顺着闪电淌进凉鞋里的雨水
慌乱跑到远处

山被洗青
青黛万丈。古木仍在那儿
站着吹笛子
或者坐着

泉眼摁住打开
你说了不算
你再也不能回到那一年
　　　　那一天

2015.6.14

铁路西村

两棵随风起舞树要彼此拥抱
若非车灯照射过来

光柱里漂浮的尘埃
细小的雪记住真好

2015.6.14

小桥

　　你可怜芍药不安，小桥边

　　蛙声起劲

　　要移种她到月亮上去

　　你可怜桥影

　　在黄昏水面不停发抖

　　花衣楚楚

　　蜉蝣造句

　　你可怜你

　　你可怜我

　　　　2015.6.14

空谷之听

布谷的啼叫

似银环在阵雨后的黄昏

把高原草甸轻轻拎起又放下

整个河谷只有

布谷啼叫

忽高忽低

高于碧峰雪线

低于灌木草根

更低的是

流水与谷底乱石的低语

粗粝而含混,混合着日落西山的冷静

与昨夜狼群出没撕咬掉一头雄牛的半只睾丸无关

与人的事情无关

水在流

布谷在啼叫　有谁
还在叙说

2015.6.22

又过马牙雪山

群峰乱错

峰峰亮雪

峰峰硬语盘空

——可以借此险峰好牙

仰天长啸但是不了

我只愿俯身一条清溪

半蹲半跪　用一块旧毛巾

捧起雪水好生擦一把脸

脖子和耳根后面都要好好擦擦

然后直起身来看看远近风景

半山腰上大片紫色阵云

那是六月的杜鹃花吧

在雪线之下庄重自若

仿佛此刻吸进我肺里的空气

无比清冽无比甘醇

仿佛雪水……

2015.6.22

高原：雨前

那些小小野花

风要把她们的衣裳吹上天去

她们惊恐　仰看乱云

四周山峰说黑就黑

黑着脸围拢过来

簌簌小野花

衣裳要被掳去

老雷公磨着剥羊皮的刀子

九条涨潮的小溪上

老雷公，低头转来转去

2015.6.28
7.19改

堂妹

你摔倒殁了
黎明前

在你三亩二分地里
豆角生长
水和土
拉拢夜间的火
把微薄的酬金
存进豆荚

可你殁了
猪在圈里酣睡
牛在栏中反刍

炊烟
照常从村庄升起
炊烟不能扶你

佝偻着腰

再次下地

埋头干活

七星明灭

舀水的勺子

摔在地上

摔了

歇了

"牛的泪珠儿比人的大"

白杨鼓掌哗哗哗

2015.7.5

注:"牛的泪珠儿比人的大",借用老乡诗句:"牛知道自己的泪珠儿/比人的大 大得/容易提前滴落"。

公园内

几枚干褐的松果

去年或是更早时候的

在松枝上,灰烬一般轻

它们仿佛空虚的梦没有内容

没有对周围事物的丝毫知觉

大河流过

谁知道一只水鸟掠过水面的尖喙

被墨绿松针中涌向针尖的水分极力挽留

在秋阳暖暖的下午

我们围坐在松树的树荫里

喝茶。闲聊。甩扑克。

我父亲头发灰白在一旁打太极拳

天空的蓝广大辽阔

我收回目光同时看到了松树上的蛛网

银白粘黏

2015.9.5自白银四龙归来数日后作

瓜州月

风大月小

路边贩卖蜜瓜的窝棚

三五点星火

载重卡车消失进无垠的寂静

能带走一个人梦里成吨的沙与雪吗

我梦见榆林窟里的一个飞天在哭

她哭得那么伤心嘴都歪了,还不停地哭

她让我把自己都哭醒了在长途客车上

我瞥见车窗外的月

湿漉漉的,像一滴热泪刚刚淌出我眼角

2015.10.11

敦煌雪

题记：2015年9月30日，在莫高窟偶遇樊锦诗先生。次日敦煌有小雪。谨以此诗献给她。

一场薄薄的雪
提前下在佛的手心里
早晨苹果树的树叶上
下到昨天，樊锦诗齐耳的短发上
她是迦叶和阿难最小的妹妹
更细心更体贴

"天阴就犯关节炎"
——这句话她虽然没有讲出
在莫高窟某一座光线幽暗的洞窟里
她轻抚着佛的腿膝
正向两位外国专家做着关于修复的讲解

她微笑着

仿佛一尊菩萨自唐朝或更久远的时代来到她身上
比这一场雪来得还要悄无声息

2015.10.11

雁 阵

清秋。河西走廊上空

向南迁徙的雁阵

变换着不乱的阵形

忽而降低忽而拔高

那碎银一般的雁叫声

揣进谁心里　谁都可以

逆风西行　遇店买酒

一碗浊酒

是胭脂泪

还是黑河水

秋风饮马　不见霍去病

黄芦白荻　休谈匈奴人

谁饮酒长歌　柔肠侠骨

谁愁心难托　指天数雁

2015.10.13

10.25改

秋浦

——赠少君、胡弦、盛敏

好大的雾

李白汪伦的名字古木野藤

一座石桥上狡猾设伏的青苔

山涧野水的喧闹统统隐在我身后了

秋浦静寂。

一只不明来路的大鸟

敛翅于一根电线

让它替我歇歇

替我好好想想雾里看花的事

它比渔人早起

渔人梦里犹在琢磨乘风破浪

打鱼苦乐　趁雾没有散去

让它替我把那朵无须构思的花叼来吧

一朵真实的花

经由我说出　在它起飞的喙尖

便是红日一点

一点如宣纸上洇开的丹红

照见的白墙青瓦渡头烟

——那是我们的家啊

秋浦之南　青弋江边

2015.10.25

云岭
——赠友

太阳把花木的影子移到墙上
破碎的美
一面始终的旗帜

庭院青苔犹在商量
积攒一枚绣花针
针尖的光阴

喜鹊踏枝
鹊声所指
是烟火流水

流水曲折却总能
深入浅出,带着太阳声调——
你们要做明天的梦
过好今天的日子

今天的云岭

云雾封锁的密径上

一只蘑菇一个掉队的人的膝盖

阴湿寒冷

      2015.11.7

有所思

青弋江边
那个早晨的阳光真好啊

阳光的好怎么说呢
阳光在她青青的衣襟上
在她耳垂的金黄的绒毛上
在我们站着一张长椅坐着的空闲里
在江对面几只鹭鸶雪白安静的翅膀上
……
阳光在我们都不知道该说什么好的时候
和青弋江比针尖稍大的琴鱼嬉戏去了

沙金点点的青弋江一阵短暂的眩晕
说不出来真好
阳光真好

2015.11.8

北京的雪

天下暖气
似乎仍集中在故宫里
那一口深井仍然
水深火热

珍妃
珍重

走过长安街
还想起码白菜
或别的什么
一个人
满脑袋黑磷
拒绝受潮

雪越下越大
越来越密

哪家四合院

廊檐的冰挂

藏下他影子

2015.11.28 初稿

灯

要把你掌在手中

要和你说话

看着你眼睛

你明亮的笑容

你不会让我灯暗无人说断肠

我不愿相信你有一颗生病的心脏

你拒绝黯淡

在一片肥沃的阴影里

你站起来,向我举起火焰的食指

说:

这不是红领巾,这是玉骨

三十八年前

我们共同的骨髓就是白天

我们共同的心愿就是灯

灯

雪夜里出生的婴儿

让我们欢喜

让我们心疼

2016.1.3

枯坐

想想雪原的月亮

玉兔捣药捣空一个人

心的声音

想想她的长夜

别把她海棠油染红的那一枚指甲

当成冷灰中的一粒火星

一粒火星

与春暖花开的事有关

与怀孕有关与她无关

作为酷烈北风留在雪原的形象

作为一颗虬枝盘曲的老树

我以铁的哑默

默想着与她有关的一切

一切我们所遭受的苦难都是值得的
枯坐的土地如脱胎换骨的嫩芽
扶着我重新来到世上的声音
我听到了,她也听到了

2016.1.16

乌鞘岭

一把宝剑被闪电之手抽出剑鞘

那是西去的机车呼啸着钻出了隧道

那是正午。一匹于山脊上啮草的白马

它静静的影子，一块毡毯铺展在

向阳的山坡

——谁可与我共此一坐？天风浩荡

谁可与我默享大自然此刻的静谧

金轮轧轧

自河西走廊东端险峰陡岭

一路滚动，滚向彤云红透的西天

——那依旧是霍去病的征车杀伐无阻的影子吗

金盏菊承露

我的脚边已是星星闪烁灯火闪烁

2016.1.17

悬泉置

你看这一枚带钩
你看这一把梳篦
你看这一双麻鞋
你看这一只陶碗
你看这一只漆木耳杯这一方石砚
你看这些汉简上有头无脸伸胳膊抬腿的字儿
你看大麦小麦青稞谷子糜子豌豆大蒜胡桃的种子
马牙上和土粘连的苜蓿
你再看雪山星辰悬泉飞瀑
一枚五铢钱抬高的汗津津的旭日
你再看……你看一场沙尘暴来了
在敦煌和瓜州之间

一场沙尘暴来了
你看不清一名驿卒心里的绿韭菜
你看不清一个皇帝心里的刀枪剑戟

……是如此的惊怖

沙尘暴里有沙尘的暴君

绿韭菜的绿和梨花的白好像看不见

是看不见的，反叛的灯火

2016.2.28

凉州词

我们还会去天梯山开凿石窟
塑造庇佑我们的佛祖吗

在梦里
我们又在大佛的脚背上坐下来
慢慢喝口热茶嚼口干馍
一朵云跟一只蚂蚁比赛慢走呢

一只蚂蚁
在一头不停反刍的耕牛的眼里
许是风度翩翩的字儿

二月开春,三月播种
有文化的蜜蜂都操花的心
在丝绸之路上忙着传递
花的情书　花的甜言蜜语

风清云白家长里短
由着麻雀去说吧
它们正集中在石窟周围返青发绿的白杨树上
兴高采烈

天下哪有不高兴的事儿
那被我们的梦想重塑金身的佛祖知道
每个人合十的双手里都没有
"不爱"

2016.3.6

拔火罐

请把我体内的湿气拔出来

它与一个人的眼泪有关

请把我的骄气拔出来

它与一个人的山高水低有关

请把我的奢气和瘴气拔出来

它与一个人梦中飞行却无法飞高有关

请把我的淫气和戾气拔出来

它与一个长翅膀的天使被直立的狗熊追逐有关

请把我的逸气和雾气拔出来

它与一个人神思恍惚放弃明天的希望有关

请把我的火气和脾气拔出来

它与一个人水分失窃的思想有关

请把我的浊气奴气邪气

与我日日夜夜作祟的非分之想拔出来

他面目肿胀紫癫疯狂

请把我的寒气逆气滞气呆气小气酸腐气

统统拔出来

请用天空的星星

把大河里长胡须的咻咻不停的狗头鱼拔出来

请用红日

把深陷黑色泥潭的一条地平线拔出来

呵大夫

请把我不完美的灵魂

当作需要重新栽培的樱桃树

连同与它根脉相连的

我的才气傲气富贵气

从我身体的旧世界里拔出来吧

蓝色的天空是适于清风生长的优质的土壤

2016.3.19

蜘蛛人

那些缒在城市的悬崖边擦玻璃的人
单薄的身影
晃荡在摩天大楼玻璃幕墙的墙体表面

命悬一线
他们的屁股下面
都悬着一个晃荡的水桶
那用来不停淘洗刷子和抹布的水桶
不同于鸽哨
系在鸽子脚上

鸽群掠过
哨音清亮
仿佛玻璃幕墙中明晃晃的朝日
正是其中一个圆音的音符
纯净　　圆润
仿佛那些个擦洗不停的蜘蛛人

是可以忽略不计的杂音和低音

或者仅是几个灰白的泥点

与玻璃幕墙中水洗过的蓝天

既不沾亲也不带故

       2016.3.20

清明书

这喳喳的喜鹊

迫切要将多么好的消息告诉你呢

你长眠于地下

地上劳作的人们撒播种子的手臂

好似杨柳返青的枝条儿轻盈柔软

在风中优美地摆动

他们是你曾经熟悉的人的影子

或者是那些影子的热汗涔涔的影子

乡音依依

亲切得令人忽略了高压电线中嗡嗡难听的电流声

喜鹊喳喳叫

集合了白天和黑夜全部的热情与耐心

喜鹊要将多么好的消息告诉你呢

杏花开了，蚂蚁身手敏捷

从今往后蚂蚁要把上场亮相的重大机会

郑重托付给雷电

雷电可以泪雨滂沱涕泗横流

你长眠于地下

时间已经让我们忘记悲伤

我们来此看你,心头清明

湛湛蓝天下有说有笑

让你躺着高兴看着儿女们高兴

等我们转身离开

让天空提着星月的水果篮

来到你膝下,学我们一样

继续陪着母亲开心陪着大地开心

2016.4.2

义乌拾句

一

年轻的乌鸦纷纷飞向远方

天高云低他们每年一次

都要衔土回来

孝敬空巢已久的老人

乌鸦呱呱

黄土涌向老人的脖子

黄金涌向亲人的嘴

二

竹笋晒在屋前

闪电藏在山后

脚暖心暖

晴天晒鞋雨天穿

暮春时节何斯村

何人闭门掩户偷闲吃茶

青山倒映的池塘

过客脚步敢似远远的轻雷

古樟树

浑身青苔

把五百年里过往的人物统统装进心里

斯人何人

作此妄想

2016.5.1

星星峡

正午时分。紫烟飘摇的峡谷上空
一只鹰
是天体运行源源不断的力量之源泉？

谁会作此诗人的痴想？
一只鹰是一只永不枯竭的黑色水箱
挂在中亚白热的天空　一动不动日行八万里

其下几间回族人开作餐馆的白色板房前
短暂经停的长途卡车轮胎发烫似乎在冒烟
一位浑身油腻的司机下来检查水箱查看货物
走进餐馆吃喝前他压根没抬头看天，从此
再往西去，火焰山已近在眼前

而一只鹰投射在戈壁的指甲盖大小的阴凉
绝非铁扇公主的芭蕉扇也无干哪个女人的好
好就是好　该吃就吃该喝就喝

2016.5.8

太阳岛上

秋风吹动着树叶

这是寂静充血的声音

验钞机无法体验

比哲学深邃的是天空的蓝

白云轻盈

一只蜻蜓

从阳光里飞过

夏天过去。秋天很短

穿短袖的时间很短

很快树叶就要掉光了,你说

冰雪的树枝也很美

而你不知道我所憧憬的

正是要捡一根松鼠踩折的雪枝

在那块太阳石上划灰议事

和周围的树影议论

鳊花鱼绕过冰下网罟的路线

黑天鹅梦想拍动白天的翅膀

红菜汤会让一位会拉小提琴的俄罗斯后裔安神
一棵跑到淞花江北岸的细高的白桦树
白云的短裙还适不适合她的腰身
……
我不知道,你会不会和我一样
关心这些漫无边际的事物
在你描述的冰雪世界
当我面对着那块太阳石沉思
我前胸的暖一定会忘记时间的
后背的冷

那时
在我背后北极星升起
像神在暗夜的斜坡上滑雪
从低洼的地方冲往高处

那时
我不用去想寒风的手
会把我画在那块太阳石上的一切
和灰一道轻轻抹掉
我不用去想别的东西

2016.8.28

道外区

白云在天
午后有两三闲人在老街太阳底下喝啤酒抽纸烟

电线杆站着柳树也有一棵没一棵闲绿在道旁
曾经的桃花巷在哪里？寻花问柳的人易聚易散
脱裤子的云易聚易散　最终抛弃棉花的比喻

撕棉花的人不如撕桃花的好看
萧红好看吗　看望萧红宜在冬天
在某个街口开一扇玻璃小窗的水楼前买包香烟
顺便打问她在此地的住处寒冷的风中

或许打问不着　那先拉起衣领
划根火柴点支烟深深吸上一口
再辨认一下暮色中的方向
我尚不甘心我只知道落日的地址

我尚不甘心

我错过她是在上一个世纪我尚未出生的年代

是在今天

白云在天

黑色电线中的电流声赞美着寂寞

2016.8.29

圣索菲娅大教堂

可以不要

钟楼的七座铜钟

七枚音符

鸽子飞起飞落的翅膀

金色十字架

并不能担荷人类的什么

可以不要了

要一个洋葱头

不要它的表面

只要它的心

富人

和穷人的

心

一层层往里剥

剥掉风雨

剥掉酸甜苦辣

剥掉教父的长袍

剥到零

沙皇坐在零的

中心位置

吃着忏悔的手指

太阳

是教堂外

最后的失业者

2016.8.30

福利院

老人们的床头

都安装了呼叫器

可是呼叫谁呢

当他半夜被梦魇住

摇摇他

他就能醒来

他需要的不过是半杯水

甚至更少

可是他抬不动手

摸索不到

呼叫的按钮

他叫喊

但他的喉咙

似乎被黑暗卡紧了

窗外

花木摇动

月亮

一只被猫舔光的碟子

有些残剩的水渍

2016.8.31

秋天颂

秋天总是比故宫深

天不亮就有人清扫落叶

从南河沿大街到长安大街

那些堆积的败叶

如同被处理的上访信件

有让乌鸦不安的气味

乌鸦叫

乌鸦夹带着金銮殿的金黄

祈求平安

他们说北京金色的秋天很美

而你独指西山　指说西山

枫叶烂红　红得如同

落日的颂辞

2016.10.22

薄雪

薄薄的雪
低头啮草的马背上有些
远处山峦上有些

也有些
在我心里

我的雪
使草原上
灰尘的灌木丛
(黑黢黢蹲着)
孤单又干燥

和被寒风染白的
太阳愈发生疏

我的雪

被一列火车

飞速带走

震动的灌木丛

仿佛冲着西行的太阳大喊：

你快引火烧身

引几只麻雀

取暖

2016.12.25

岁暮

——过山丹大马营

远山积雪总是
高于旅人的仰望

那积攒的新
牧人缝补的针尖分得
搅拌酸奶的银勺分得
衰草不能

衰草正以腐败的阵势
加速世界的沉落

四野寒苦
落日下的草原
有大宛马的种群
绿发空振

一位诗人

迎风沉吟

"天地日流血,

朝廷谁请缨"（杜甫）

2017.1.2

1.30改

守

潮来天地青
退潮的梦里
一只螃蟹眼珠高挑
挥舞着钳子
与破云之月搏斗

与一个
磨损的汉字
搏斗

沙鸥飘过
置天地于不顾
置他仍在
对抗的梦里

伤痕累累
保持礁石

冷落的形象

闪电的五线谱

被风吹乱

  2017.1.28—29

小谣曲

你有羊脂玉
你有长安城头的日出

你有灞陵柳枝的柔
没有黄莺儿要你打起

你没有马儿
有苜蓿和道路

你的苜蓿里藏着
紫色星星

通往西域的道路上
飞着鹰

鹰是马上要读的书
鹰是马上要戴的盔

鹰啊

它飞着的时候

你的白天没有我

你的黑夜没有我

你没有一男半女

你只有一个远行人

对你好不上的好

你只有空空的长安城

紫色星星的苜蓿

失火失声——

好马儿回头

2017.1.30

4.20改

那一年

那一年在河西
沙尘带来轻微的暴力

那一年的白杨树
在路边摇晃那一年

远在天边近在眼前
雪山白成大白兔奶糖

你只白成你自己
你骑自行车上晚自习

铃铛矜持
辐条炫目

那一年喜鹊搭窝
飞到白杨树上

你自行车后座书包齐整

风中的红纱巾白天飘动夜晚

在我梦里我的身体

一只灌满开水的军用水壶

渴望你亲手拧开壶盖

咕咕畅饮

白杨树在路边摇晃你好看的腰身

随自行车一闪而过那一年

离你我都已经十分遥远

只剩雪山远在天边

只剩白杨树

还轻轻摇晃

那一年

那一年

2017.2.2；4.20改

老人

瞌睡越来越少
一条抽线的毯子上的线头
早晨的阳光对于他有些刺眼
窗外鸟鸣多余的水珠

掉在餐桌上的饭粒仔细拣起
搁进嘴中。他停在一个简单的动作里
包油条的纸上油渍慢慢洇开

放大镜下
过时的标题集合亲朋
字词的余温

2017.2.5
4.17深夜

妖人

双手耍蛇
吐着芯子的蛇以人心为食

但你们只看见那被蛇吞噬了的
他的双手从
他眼窝中重新生长出来

攫取
风云

日月失重
草木山呼

2017.2.11

我需要

我过的并不是我灵魂需要的生活

闪电需要刺穿
黑夜的神经末梢需要爱的战栗
需要一场蓄谋已久的暴雨
挟带暴洪灌进绞尽脑汁的窗口
鼠标抽屉公章手机沉浮不定
我坐在一只塑料拖鞋上夺命而出

陷在淤泥中的办公桌
我需要是一只小鸟
独立于大楼楼顶避雷针的针尖
好奇一片汪洋中残垣断壁的城市
汽车像四处漂流的一次性饭盒
被风刮断的电线在水上放射
幽蓝的火花　放生无辜的蜘蛛

我需要太阳是黎明的一粒新谷

需要我的灵魂和肉体一道起飞

同样得到温饱

我需要你

亲爱的

我需要黎明的太阳把我们结合在一起

2017.2.12早晨
4.17删改

变奏曲

被人拿草棍儿拨弄的蚂蚁
左走右走
像天底下谋事的人

想当年
卡扎非左走右走
也像
一只非洲蚂蚁

一只黑蚂蚁
一霎时变成红蚂蚁
据说,是被一把美国军刀
捅了屁眼

当然
那把年轻军刀根绝
不会听他一根老草棍儿

折断前悲哀的叫喊：

"我就像你的父亲"
"你就像我的儿子"

2017.2.19

苦音

寺院沙枣树下
一头被拴着的公牛
舌头不停翻卷
舔着嘴唇

沙枣花的香气
窜到隔壁
秦剧团的家属院里
天已黑了
灯火的阳台上人影闪动

西北有高楼
牛角废墨斗

牛会流泪
混浊的泪光中
星星躲得很远

远在寺院金属的月牙儿之上

远在高楼与浮云后面

尾巴不时摇动

想要驱散

空气里不安的尘埃

黎明

是一架绕不过去的刀锋

它开始悲吼

整夜向着虚空

用力抛掷

胸腔里粗粝而沉重的石头

它的苦音

让一个秦腔名角半夜醒来

辗转反侧：我虽善于运气，但仍不会行腔

2017.2.25
4.16删改

小夜曲

一个人在天上唱

一个人在地上听

天地交合处

两颗星坐到地平线上

靠近沉默

你和我

在黄昏的秋千上

靠近花儿与少年

2017.3.5惊蛰

午夜的街

店铺已经打烊
楼房的阴影扩大

那一条街
紧闭的窗户很高深

灯光
是彻夜焦虑的苦力

失眠和入眠中间
有一条看不见的河

那一条街
有着苦涩的香味

在恋人亲吻的嘴唇上
慢慢转弯

入春时节
午夜飘起了雪花

2017.3.12 初稿

民歌

星光下缓慢奔流

大河不急

一对野鸭子水面上转悠

也不着急

急的是

偷扯了一把火烧云揣进怀里的人

那红到耳垂的云

红过半分就是大红的盖头

红过一分就是抖开的红绸

红绸抖开

大红被子暖和的风

白雪睡觉　回到天庭

鱼儿吃水　河流喊渴

河流摸着鱼儿

摸到我和你

2017.3.16　4.16删改

对话

> 昆仑玉碎凤凰叫
>
> ——李贺

凰：需要黎明的太阳把我们结合在一起
　　需要黑夜
凤：需要每时每刻
　　我们把世界的深渊用爱填满
凰：是的，我看到了黑猫眼中的忧郁、波斯的蜜
　　蜡……

2017.3.27凌晨
4.16删改

春夜

眼睛沉溺于眼睛

嘴唇寻找着嘴唇

交换漩涡交换身体

河水涌流星光

柳丝蘸水

从灰尘中捧出雷

杏花

素处以默

春夜广大

河水浩荡

他们穿过针眼

旋转于群星和疯狂的石头当中

2017.4.2
4.16删改

夜雨

云雨交给丁香

石栏交给垂柳

我们走吧

梦里春韭

在别家院里生长

我们走吧

春笋破土摇撼藏经的白塔

一对鲤鱼拿命换一对红烛

芦芽嫩短

一河水涨

我们走吧

冷雨斜飞,雨滴中

有密探的眼睛

水深火热

2017.4.22　4.26改

猫

一小团缠绕的阳光

依偎着她

在她梦幻之手的逗引下

风云拱背

——它一跃而起

豹影飞行,夜之丛林

她骑坐的双腿

是月亮渴饮的溪流

若有花枝颤动

若有人兮

2017.4.28

清早之诗

鸟鸣分岔
花园小径在他散步时醒来

草坪上勿忘我蓝色的花朵
不是她眼睛

经过一夜
河,还在河床上睡梦

隔岸芦苇
在对水练声者的音域里
寻找甜美细润的感觉

有所思
树下经过
撞破蜘网

他的脸仿佛被切割

石破玉出

2017.5.2

阿门

跳楼的

给他一声蚂蚁的叹息

跳河的

给他一条鲤鱼的赤尾

跳脚的

给他呼叫的消防车

跳伞的

给他柳绵的指示

跳高的

给他云楼的窗户

跳远的

给他地平线的晨曦

跳舞的

给他空中花园

跳火的

给他红鞋灰脸

跳神的

给他诗歌酒曲

跳浪的

给他海洋乐谱

跳棋的

给他星空的棋盘

和上帝眉宇间的睿智与仁慈

给他我们生命的棋子

阿门

2017.5.4

雨天书

雨很大

地球很小

小到一间客房

嘀咕的声音

拒绝透过锁眼的光线

语言的钥匙

只能掌握在爱的手里

锁骨

锁心

雨，形成

一盏台灯的灯罩

2017.6.9

遛狗记

吾日三溜吾狗

小狗儿欢实

腿短路长

四肢蹬展

在我视线的边界

飞跃的身影自动停下　回顾

追蝴蝶

追鸟

追一片飞旋的落叶

半途而废

抬眼望

望望罢了

不追究天空

高深的问题

追同类的气味

嗅路

嗅草嗅花

嗅道牙

嗅砖缝石头

异性侧后

新鲜

嗅过的地方尿液标记

"雁过留声，人过留名"

吾追随吾狗

"吾从周"（孔子）

2017.6.17

清竹放鹤图
——赠莫建成先生

岩石

流水

竹子瘦得只余筋骨

根根攒劲

叶叶锋利

马耳立

依陇西

风过竹坞

露生枝

月离家

青骢马

中流洗马

白首招鹤

裁心当纸

画师梦中

一鹤剔翎

一鹤飞升

口衔虹霓

云外献图

徐徐

昆仑而下

2017.6.25

画像记
——给戴凌云

你和他
和一只青花瓷的花瓶暂时形成一种三角关系

那只细腰耸肩的花瓶在你座椅后的窗台上
你盯着他用手中画笔捕捉他脸上的光影
他的目光偏离你　注视着前方　瓶身的山水

在那里　空气幽蓝　松下屋宇半隐半显　松涛牧放
空白之处云水茫茫　溪流忘记身世　野桥待人来渡
一只无人的小舟和一瓢斟满举起的酒有什么区别
和虚无对饮，来吧，和没有用的事物寻欢作乐
靠着一块石头喝酒听两只鸟打情骂俏或谈论政治气候
他的目光已渐渐深入青花白地的瓷胎　深入唐宋元明
固定在一把金属扶手的黑色人造革座椅里他终于找到了
你所说的"坐舒服一点"的坐姿　自适　放下架子

"尽精微，致广大"

你的笔在调色板和画布之间思索、移动
把紫罗兰的颜色赋予他短袖T恤同时配以三粒霜的纽扣
他眼镜的一只镜片上一小片盘踞的白色强光似乎难以镇压
蔑视与反抗　但这不妨碍你观察并写出了他眼神中夹杂的忧郁

呈现。舍藏
你笔底的头脑已然像那只青花瓷的花瓶神气完备
连续画了一个上午，你说，就画到这儿吧
他无须被描写的双手会是被扔回到现实的两支短棹
窘迫不知搁到哪里才好吗他站起身来
望了望窗外建筑工地上起重吊车探入苍穹的长臂
那善会探囊取物取回星斗的钢铁

2017.6.25

国度

飞机坠落
何时　茫茫雪原

一只鸟儿王顾左右
于钢铁的残骸上
轻轻一跳
再一跳

雪国鲜活
森林闪动麋鹿的眼睛

冰封的河底
鱼儿不做鹏鸟的梦
带着天生的嘴巴
尾巴分叉
裙子开花

2017.7.4—5

白蛇传

一伞打开西湖
一钵收断云雨

太阳其实是
一盏很浅的雄黄酒
怪只怪许仙那厮
一具软头禅杖
扶不住娘子

峨眉
青锋倒竖

2017.7.4

下编

寄自丝绸之路某个古代驿站的八封私信

一

我用一支鹰翎给远方写信
草已枯雪已尽
戴着鹰的王冠
春天已经骑马上路

而你,能够一眼认出
大路上的春天
是你小路上的爱人吗

二

扯开你丝绸的衬衫
曾为我包扎灵魂的伤口
驿站的小女儿
我裹着野花远行
我的身躯?你的身躯?

水和岩石，叫作火焰

三

叫声最亮的蟋蟀
秋天的玉
镶在我的帽子上

四

蜂巢
这春天的鞍囊里装着
虎皮书、剑以及一点点贿赂死亡的甜食
策马仗剑
死亡啊，请让我从你眼皮下经过

我要完成他人的嘱托
把蛰痛的情书送抵你下面一站

五

翻捡旧信
我寻找一个省略号

我是不开花的肉体

得到花的浇灌

六

月光

像一条禁律或是

一枝印度郁金香

躺在私人日记上

风,不许乱翻

七

太阳下的蚂蚁

是黑暗的碎屑

它们聚集着

仿佛有一双看不见的手

正在努力修复一封

被扯碎的家信

八

路上坑多天上星多

夜晚飞翔的鹰的灵魂

在寻找新的寓所,并且

通过风的手

把黑暗的花

安插进我疼痛的

骨头缝里

今夜呵,我是生和死的旅馆

像世界一样,辽阔无垠

1997.5

南风：献给田野的鲜花

一

南风呵

我喊着梦中的名字

隔山隔水拍一下她肩膀

她转过的脸仿佛受惊的火苗

蓦地向上一跳：她不认识我

那怀疑的火瞬间完成她的冰雕

我被留在世界的边缘

欲热又冷

二

南风吹，乔木落

一朵落在她名下的花

落日后面

黑夜落在白昼的身躯上

欢乐的黑夜因为取消了肉体的重量

而变得亲切、不负责任

三

大地上的花朵

循着南风的脚印

却走进西风的家

我长期在自己的心灵外面过夜

四

南风烘烤着岩石

北方的灵魂快变成了松软的面包

当我们恋爱

我们是在用行动拯救这贫穷的世界

五

苦闷呵

炎热呵

南风沾染着艾香的手

哗地拉开闪电的拉链

新的生活被打开了

雷声　是我献给田野的最具活力的鲜花

六

南风是健康活泼的农妇

她正跪着身子扫炕

没有一丝皱褶的天空噢

一对白云的枕头散发出皂角的芬芳

不一样的蓝相伴着睡觉

只有我依旧低头赶路

七

南风打开我身体的大门

谁穿过了我的黑暗　谁却永远没有来临

一颗悬挂在我头顶的蓝色小星

可是绣在她手绢一角的古老的花

如果她肯为死亡擦掉眼泪

她必定首先掸落我心灵的蒙尘

1998.7.4—6

光和影的剪辑：大地湾遗址

一

嗨，目光忧郁的野兽
不要觊觎人类睡梦中的谷物

在黑夜的树枝上
一只鸱鸮
一个移动世界平衡的砝码
它无法移动守卫在梦的入口处的
那一堆熊熊的大火

二

飞鸟的手
寒风的针尖上积攒着火

云彩斑斓能缝
兽皮美丽当衣

……哦，如此古老旷远的的黄昏

假如

连思维也已丧失

还有落日如妻陪伴着我

三

一只盛满水的尖底陶瓶

一个承受着阳光击打的怀孕的女人

幸福碎裂的陶片

使她蹲在地上也无法收拾自己

但是，那并不流失的水瞪大眼睛看着我

——水保持了陶瓶本来的形状和一个婴儿天真的神态

四

那些不停呻唤着的蛐蛐

像是被时间之犁犁掉的先民的手指

把泥土一次次攥出血来

高粱红了

我的高粱在夜的火塘里红着的时候

眉毛挂霜的灵魂们,请伸出无手之手烤烤

1999年秋天的火吧

五

耳朵随大雁高飞远走的大地湾

你的指甲缝里八千年以前的黍

听见我的嘴唇发出泥土对种子的请求了吗

六

结绳记事:石斧遇见青柴闪电插入小路

让我用一场大雨

爱你浑身美丽的血珠

走在路上的花椒树

让我还用同样的一场大雨

描述你流动着青春色彩的曲线

七

大地湾

渭河的胳臂一弯

揽一对儿女入怀

——玉米长高了

　　日光变黑了

一只落寞的乌鸦

你有黑夜疼爱

但黑夜的爱太深

你飞回历史的路太漫长

落日是飞累的你吐出的一口鲜血

溅在今天的鞋上

八

大地湾之夜

长发披肩的幽灵

怀抱着自己的白骨往火里添柴

火苗静静注视

那亲近温暖的幽灵

如何阻止冰雪的膝盖融化

滴水

水啊水

青草喉咙里

快要喊出的花

九

大地湾的风

我的身体里除了积雪

就是骨头

我的咯吧乱响的骨头

我的歪斜了但没有坍塌的茅草屋

大红的月亮是我外逃的心

虽然言辞犀利

大地湾的风

你却没有理由说服我不怀疑一切

我甚至已经构成了对自身的严重威胁

十

大地湾遗址。站在

能照出人影的七八千年前的水泥地面上

我恍惚觉得一个带着野猪獠牙项链的男子

从地下缓缓起身——回到我,又穿过我身体

向着发情的雄狮注视着泉水中茫然之脸久久不肯

离开的密林

走去……

我想招他回来而未能如愿举起的手

几乎是被忘了的一对石斧

此刻

正砍伐着我担心的心

十一

星宿遍野的时代

正是展示个性的时代

我们卑微

我们诚惶诚恐退至大地湾的低洼处

倾听星宿们舌生莲花的神秘预言

或者是我们的灭顶之灾

——对于一颗不能焚烧黑暗就自焚的星宿

我们束手无策

而对于所有星宿的集体自杀

我们同样只能瞪大惊恐而绝望的眼睛

我们不会照顾死亡

却只关心着我们卑微的生命如何能够延续

1999.9.7—15

西凉短歌

一

牛羊归栏不数头

暮雪随后

瞎子埋玉山沟

翠袖提灯上楼

灯花三结,河西小憩

铁马入梦,天下大愁

二

蓝马鸡溜过冰雪地

榆树瘦倒的影子

观音土扶起

三

黄羊血,葡萄酒

红柳吐火

为邪所侵

水碗立箸以测鬼

桃柳为符

遂钉恶鬼于乱石间

四

大清早

男人上房扫雪

女人入厨烫猪头

除夕将至

午时刚过

灶王爷不请自来

捉襟见肘

见自家白菜冻成冰

冰糖和烧酒

多多益善

五

大年初一

牛头系红马首挂绿

出行垅上

为春神设座

搁白色石头于田埂之上

祈求六畜兴旺五谷丰登

牛马的蹄窝里

撒胡麻黄豆及五色小麦

六

柳条儿青青

野艾长成

柳条儿摇摇

狸猫在叫

柳条儿飚飚

纳鞋穿帮

柳条儿软软

思念绵绵

柳条儿柔柔

爱是难受

柳条儿褪骨

野人吹笛

柳条儿带露

泪水如玉

柳条儿似鞭

秋风呜咽

柳条儿如铁

情不该绝

七

三星高照

照见兔子的嘴巴

一个腭裂的人

兴许出家

兴许回家

苜蓿开花
瞧,处处像她

八

茴香焙盐,祛除腹胀
萝卜蘸糖,美好姻缘

九

鸥鹟如刀
风如割
割一缕韭菜惹出祸

韭叶宽的路咋走哩
韭叶细的腰没揽过

我的幸福
只比这韭菜中的水分多出一点
我的脸色却比春天的绿

十

胡麻吹筚篥
汉人坐胡床

一个瘦男子
他指着落日的手指
像失血的胡萝卜
渐渐变黑,风干

2003.8.2—3
8.9

西凉谣辞

一

二月炒黄豆
三月走耕牛

犁铧尖尖的银子
祖父的银胡梳
埋进土里

去相远，来相近
梨花临风——

有那么白
有那么嫩

水流来的祁连雪
哎呀，我心发慌

二

大河驿,流水冲出头盖骨
磷火过沙碛,旧鬼串亲戚

新鬼殷勤,头上顶着沙葱

三

铜裹铁,木槽破
饮马将军秋风客

秋风过后
一只刚刚产下的羔儿
在母黄羊的舔舐下站起,跌倒
……旋又摇摇晃晃地站立于漠野

四

剪断脐带
即涂麝香于婴儿肚脐
不拉肚子

从春到夏

布谷在叫

长高,长高

五

石屠夫,吕屠夫

夜里梦见血脖子

雪地飞过红鸽子

樱桃枝叼在嘴里

六

落雪落雪

求偶于野

雄鸽转圈

冷风如割

雌鸽咕咕

关河明灭

前凉抱灰

后凉跟随

穿他北凉牛皮鞋

犁我南山雪

——天下无事

七

蜘蛛盘丝

英雄鬼没神出

红灯照墨

胡人眼圈发黑

黑羯羊皮

覆盖汉家软玉

八

马蹄莲下郊原血

拾一块铁,吃一副药

九

夜半鬼捣地

无他，无他

屋后萧萧白杨
鸱鸮哭

十

野鼠窥星宿

莫睡，莫睡

银簪子挑灯人等人

十一

门楣涂抹鸡血
墓地落下白雪

用鸡头祭祀的人

命里将开九把锁

十二

头枕鞋底,鬼不至

十三

二月乏羊

四月送先人衣裳

三月布谷头顶过

五月烧青稞

六月开镰

七月泡茌

大水灌进地洞

跳兔逃入手心

有意外收获

八月胡麻黄

九月水白淌

十月送大雁

牧猪倌盘炕要做新郎

十一月修缮农具

十二月数麻钱

一月喝白糖或红糖

无论何时生育

要将胎盘装入瓷坛

镇以青石

红布封住坛口

埋入果树底下

周而复始

2004.5.2—7于凉州

9.5修订

巴丹吉林：酒杯或银子的烛台

一粒沙呻吟

十万粒围着诵经

——摘自《敦煌幻境》

巴丹湖

水拍动天鹅的翅膀时

我像个翻过了黑夜的少年

被你用调皮的小镜子

晃着眼睛

来自孩提时的光芒

让我

有着怎样的涟漪

怎样的情不自禁的爱啊

天鹅

用蓝色的翅膀把我抬高到

你的位置

歌

我比沙子粗笨些

我比苏敏吉林海子里的鱼儿慢些

天空的蓝证明

我渴望着接近乌兰时

鸟翅倾斜

太阳的黄铜经轮咿呀旋转

咿呀——

白云进入海子

乌兰的歌

飘进大地的窗户

祝酒歌

羊的肩胛骨一样干净的草原

有一碗酒为朋友捧起

羊的肩胛骨一样大小的草原

有一条路通往阿拉善右旗

喝了这碗酒

好汉子

无论什么时候

请来草原做客

蒙古人的心

是大地上最后的房子

铺着星光的地毯

仪式：诺尔图·金色沙丘

落日

仿佛一滴老泪

渗进苍茫

蜥蜴引导

有条路

远离诺尔图

荒野里的沙丘

由坐而立的僧侣

他们齐声的念诵

转移这个世界

富余的金色

母亲手里

捏有一点

散碎的金子

可

那条路

不买梦

蜥蜴引导

那条路

寒星

也不照耀

诺尔图

酒碗中的冰糖

羊圈里的月亮

一只牧羊犬

头趴在两只前爪中间

把群星带进了睡眠

我

像个孤儿

绕过梦的海子

走向不可知的远方

那里或许有薰衣草

或许也没有

母亲的消息

歌

有一群骆驼的骨头埋在黄沙下面

就有一个牧人从早到晚走在天空

云一样孤单

云一样凉的头发

云一样要散开了的身子呀

六十六个海子泛起涟漪

六十六个海子里鱼儿静静

如鲠在喉

魂兮——归来

月亮

端着银子的烛台

一面照着,一面呼唤

副歌

狐狸的半个身子钻进一只瓜里的时候

豪猪在干什么呢

我在乌兰的毡房外面咳嗽了两声的时候

月亮打着手电

又跟我在沙窝子里瞎转什么呢

九棵树

阿拉善右旗名叫九棵树的地方

为什么只有八棵树

成吉思汗的苏鲁锭长枪

树在每个蒙古人心里

吹硬了蒙古人骨头的风知道

这个地方就叫九棵树

第九棵树下

有一匹看不见的战马前蹄刨地

然后，抖了抖鬃毛

扬起头来，怔怔地望着地平线尽头

它的眼神诉说着蒙古族男人的忧郁

它告诉你这个地方就叫九棵树

它望断的地方就叫九棵树

结语

来自没有空气的地方

蜥蜴那么敏捷，扬扬尾巴

仿佛举着亡母给我的书信

太阳的睫毛闪着火花

那蜥蜴

大沙漠里最小的越野吉普

突然蹿得无影无踪

我是它扬起的后尘

尘土回到尘土

我还是我母亲的儿子

我还在寂静的怀抱里

2006.9.16—19

青海谣

> 那么就来饮取
> 古谣曲的静水
> ——洛尔迦:《小广场谣》

白云歌

乌鸦煨桑

桑烟下的草原

露水中的家

我的膝盖比白云远

露水啊

远了,凉了

远远的

乌鸦用黑布

包藏起火种

马灯谣

青草是羊的门

西海是马灯里的油

雪山提灯

风走在雪前头

我跟在我后头

我是你盼头

在深夜深处

你摔碎了我的马灯

湖水谣

你侧着脸

用双手摘下绿松石耳坠

我向前捧着的手里

盛不住的湖水

顿时翻腾

但我没有一滴

咸涩的泪水

我的眼睛是空的

哎，白鸟飞绝

我的眼睛在哪里

勒

高高的草原上

云影铺开狼皮

你我面对面坐着

就像文成公主和松赞干布

鸟翅朝东。雪山向西

西天火烧云恍若布达拉宫

青海一碗酒

我用雄狮之血报答你的胭脂

背后羚羊飞奔

羚羊飞奔,流火突破落日

拉伊 (一)

月亮羊皮鼓

绿度母

你是菩萨的一滴眼泪

我是粗野的孩子

来自风雪

肩膀破损

嘴唇青紫

青海湖上

你含泪是度母

疼爱是姐姐

你脱卜湖水

披我身上

你是蛮荒中的一滴泪水

洗净我,使我成为另外一滴

泪水

交融在一起

青海湖上

灰鹤提灯

天鹅击鼓

月亮羊皮鼓

鼓声传遍草原

使聋子的耳朵夜半开花

草原是篝火的家

湖心升起藏经的白塔

拉伊 (二)

大雪封山

野兽耳朵中灌满了风声

它们在洞穴里抱头做梦

梦见青梗野花

——野花着火

野花在青梗上为我们着火

我们怀揣好梦

一个西一个东

就像野兽在山洞,鱼儿在湖底

大雪弥漫

坚冰封湖

鱼儿咽下冰水,咽下一寸寸道路

道路漫长,鱼儿咽下冰水慢慢生长

咿呀,大雪千里

咿呀,大雪来去

鱼儿跃出青海

野兽走出洞穴

野花着火,那时

青梗野花为它们新奇的眼睛着火

为我们着火

古歌

大雁飞过蓝色湖水

带走昆仑的玉

青海湖上

一粒红色青稞

埋下喇嘛的头

和一条忧伤的峡谷

那些不说话的裸鲤

黄昏的手指

在苍茫的水中

抓来抓去

风浪

哗啦哗啦

哗啦哗啦

湖水快要

冻成美玉

2007.8.18—26

注：勒，青海湖流域藏族民间酒曲；拉伊，青海湖流域藏族民间情歌。

煨桑

一

柏烟缭绕——
受尽熬煎的草叶
流溢出晨光的鲜奶

二

柏烟缭绕——
清香洁净的道路上
酥油之马驮来砖茶

三

柏烟缭绕——
佛燃一盏灯
人安一颗心

四

柏烟缭绕——

青稞比佛的脸大

雨水知晓

五

柏烟缭绕——

大鱼变小——小回鱼苗

被欲望挤窄的河流顿时变宽

六

柏烟缭绕——

山参的根在善人心中

雷霆的铁锹休要乱挖

七

柏烟缭绕——

心是几丈棉布

星星尽是前村冻伤的孤儿

八

柏烟缭绕——

在白石的山涧中拾柴时和她相遇

让我像兄长摘去落在她发间的枯叶和毛刺

九

柏烟缭绕——

内心的红炭怎能变成绿松石

戴她额前

十

柏烟缭绕——

柏枝浸泡的圣水冲洗眼睛

从阴影中看到黄金

十一

柏烟缭绕——

咕咕的鸽子是佛的念珠

它们眼中的刺莓果染红你手指

十二

柏烟缭绕——
青草尖尖的月亮
羊奶戳破

洁白的花朵半夜涌现
在孽障人的手指
阿弥陀佛

十三

柏烟缭绕——
巴掌大的云啊
请摸摸牛粪的村庄

摸摸在雪线附近吃草的马的脊梁
低处的蝴蝶肚子多么柔软
它停栖过的岩石多么粗粝

巴掌大的云啊
请摸摸无家可归的人

野草般蓬乱的头发

十四

柏烟缭绕——
漫长的有缺陷的今生
让我们如蝼蚁一般完整度过

来世的白莲
还让我们蝼蚁一般
抵达它根部

十五

柏烟缭绕——
我们洒罢青稞炒面和水酒的勺子
斜挂在北方的天庭

2009.7.26

扎尕那草图

一

高高的晾杆上要晾晒青稞

我们去种青稞吧

高高的晾杆上要晾晒青草

我们去割青草吧

打下的青稞除了今年够吃

还能酿几大桶酒就好了

晒干的青草除了应付冬天

还能解除牛羊的春乏就够了

高高的晾杆上

晾晒着太阳的光线

二

那雪线

引来穿针

那云朵缝在藏袍的下摆

那人呢

那一阵吹绿山坡的风

那风呢

那雪线附近啃食的白马

来吃掉我内心的夜草吧

三

鹰在天边逡巡

死去很久的人

透过鹰眼

俯瞰

水磨转经的村庄

弯腰挤奶的人

弯腰劈柴的人

弯腰打酥油的人

火的腰带

都是献给大地的哈达

四

神以人为道路

那深深切入藏人五官的皱纹
就是神迹
就是霜

五

一只小猪走出村子
三只小猪嘴拱草地

黑黑的小猪
月亮的蕨麻果
埋在草根深处

就在深处
就在深处

小猪尾巴
已经变绿

六

黄金的戒指镶嵌着红玛瑙

卓玛,快把它扔进水中

你要沉沦

就带着落日为我沉沦

新月出峡谷

鸽子的翅膀

从你经历中浮现

七

灌木丛中隐藏着三角形的昆虫

刺棵挂住的白云

一定是心上人的手绢

八

下雨吧

一夜的雨

天明停住

黑色的　湿漉漉的圆木上

长出小白菇

你挨着我　我挨着你

我们坐在一起

像空气一样新鲜

不说话

九

"死亡是无的神殿"

记忆是爱的居所

松树

渗出透明的松香

是因为

你早已来到我记忆当中

我纵容你

让你梦想着

我身体以外的世界

2010.5.16—17

　　扎尕那：藏语意为"石头箱子",地处甘南藏族自治州迭部县境内。"死亡是无的神殿"——海德格尔语

故宫鸦影

一

鸦声粗哑
金殿琉瓦上
一块飞起又落下的阴影
落日的手印
摁在你心上

游人
地砖缝里的草芥
东张西望
心思遭乌鸦掏空
如地铁从前门风驰电掣驶过，只剩下
地下隧道倒抽一口凉气后的空虚与恓惶

殿前铜龟
尾巴很短

出宫的路依旧很漫长

二

落日
提着一只赏赐的烤鸭
像佝偻着腰的太监
出宫去了

乌鸦仍旧盘踞在
人的神经编织的巨大蛛网中
饕食嘈杂的灯火

三

那些在宫中栖息的乌鸦
一把把旧锁

打开它们
打开一口深井里的妆奁盒
清点月光的珍珠

于是摸钥匙

从腰里,火里

从冰中,血中

头发花白了

花老瓦飘零

醉梦中

他只摸到青松上的雪

砒霜的表妹

四

乌鸦藏在人心里

所以玉兔仍在月宫捣药

青铜光,珊瑚裂

乌鸦受惊,藏来藏去

以人盗汗为琼浆玉液

五

乌鸦是红色宫墙内

一架黑漆屏风

有人在后面

养花

养心

养指甲

海棠红的指甲

不知一座纪念碑的影子

像呼啸的火车

穿过夜半的中国

2011.10.30
11.6改定

沉默的邮戳

一

去年冬天的那个寒冷的傍晚
在西去列车缓缓启动的时刻
那些贴在车窗上
向外张望的新兵的脸
有一张属于我儿子——
"像信封上的一张邮票"

我的心是一个沉默的邮戳
和他紧贴在一起,是的

我的心,早把我从站台上送行的
黑压压的人群中远远分离出去

二

他那刷洗干净的黄色的运动鞋

晾晒在家里的阳台上

他去当兵,两年后才能回来探亲

与他打紧行李的草绿色的绑带不同

白色干净的鞋带已经给鞋松绑

给自己放了长假,就像在太阳下

舒展的马莲

一二三四五六七,马莲开花二十一

我儿子才十九岁

假设他没有去当兵,每天早晨

他将穿着运动鞋在另外的路上

和黄河赛跑,比赛在转弯的地方

谁举起的浪花超过了春风的得意

但是没有假设

凭我家阳台上的鹅掌红和月亮打赌:

"一二一",我儿子选择了自己的道路

却无法选择他的父亲,我也一样

我追随儿子的道路如追随我血脉的霞光

三

听到见着我儿子的人说

他有一阵子帮助军营灶上剥核桃
本来白皙的手指变得黑黢黢的
很长时间也洗不干净

他攥紧的手,固执地
躲避着我的视线——他从来也不曾
在信中或电话里提起吃苦受累的事

可我理解时间就是青涩的核桃
每一天每一个钟头每一分钟
你都得设法除掉那苦涩的青皮
剥出带着坚硬外壳的果实
——那果实,里外都有大脑的沟回
那是反省的收获,心灵的营养品

所以,我并不心疼我儿子
因为就算是尊贵的上帝
他给我们带来白天的时候
他藏起的双手也一定是黑的
一定沾染了无数噩梦的苦涩的汁液
才把夜晚那肥厚的青皮剥离——呈现出旭日

四

夜晚,在零下二十多度的天气里
我儿子在野外站岗的时候
远处怪兽般蹲伏的大山或许让他心生怯意
他紧了紧背上的枪,警惕地站在他的哨位上
军营静悄悄,一只咝咝作响的开水壶在火炉上
不在营房里,在天边的一棵低矮的树上,一颗寒星
仿佛霍去病时代的

多么遥远,我想提醒他倒倒脚暖和暖和,多喝些热水
在来人换岗前,他并不孤单,我站在一个父亲的心里
尽量站直了,一直站在他能够时刻感觉到的地方
像他的影子那样无声地陪伴着他

五

我儿子给我老朋友打电话
请他劝我不要再喝酒了
以免伤害身体,以免有时情绪失控

"五花马,千金裘,呼儿将来换美酒"

我儿子是一名坦克兵,时常驾驶着几十吨重的坦克

在瀚海戈壁的古战场上外训

他渗出后背的热汗变成了白花花的盐碱

花白的银子,花白的头发

黄叶灯下,何人念远,念角鼓风云?

何人漫揾老泪,从此酒杯换了茶盏

六

我儿子在军营中过生日

他的战友把蛋糕上的奶油抹了他一脸

我从他寄给我们的照片上感受到了他青春的快乐

我记得小时候我父母给我过生日

总要煮红皮鸡蛋,总要下一碗长寿面

至于生日礼物嘛,他照片上V形的手势提醒我

那就是一把树杈做的弹弓——在我遥远的梦想里——甚至

离玩具手枪很远,却离快乐最近——此刻,就在他手上

七

腊月二十六日我到邮局去给我儿子寄包裹

特快专递,盼望他能在大年三十或正月初一收到

可是没有。在一个叫"祁丰"的邮电所
那个包裹整整滞留了半个月
因为当地气温下降到了零下二三十度
包裹里的食品除了一个猪肘子外大部分没有变质腐烂
感谢严寒！感谢酷寒！我儿子收到的包裹仍旧新鲜
我的心？他的心？像紧贴在包裹上的邮戳

2012.1.26
2.5

注："像信封上的一张邮票"——【以色列】耶胡达·阿米亥诗句

大河源

一

天留下日月

佛留下经

人留下子孙

草留下根

巴颜喀拉山上的飞雪

约古列宗是炒青稞的锅

卡日曲是牦牛背上的古谣曲

和我歌声的源头

黄河水，天上流

星宿海中的星宿啊

往北，再往北

扎陵湖和鄂陵湖

是佛祖肩头那只大鹏鸟

思凡的眼睛

二

高高的木桶到溪流边取水

高高的木桶走向有黄铜祭器和砖茶酥油的牛毛帐幕

弯腰耸臀

披星驮水的女人们

她们腰间的银配饰，叮当的声音

是云雀，自高天垂下的飘拂的璎珞

是黎明，草尖与花朵上颤动的露水

群山苍莽

长路负霜

她们是岩石和鹰的母亲

她们是草和草根的妻子

她们是能生会养的情人

她们是生活忠实的姊妹

她们绞紧的发辫中

有闪电的情思河水的涟漪

而那个肤色黝黑牙齿雪白的最小的姐妹

她额外的装饰

是一缕朝霞，绞在黑而细密的发辫中

三

卡日曲是那穿着红铜色袈裟的修行者

扎曲是那从山岩中走出来的密宗高僧

转动经轮驱赶着牛群的牧人

卡日曲在他左手，扎曲在他右手

他转动十万次经轮

卡日曲就盈缩为一根冬虫夏草赐福于他

他再转动十万次经轮

扎曲就盈缩为另一根冬虫夏草赐福于他

他左右要转一生经轮

他横竖只求两根粗一些大一点的虫草

一横，敬献佛爷

一竖，留给自己

四

藏羚羊野牦牛藏狐藏野驴

金钱豹雪豹猞猁旱獭水獭

舔食苔草阳光的白唇鹿以及对月长嗥的瘸狼

——请一道加入黄河源头的合唱

它们活跃的身影本就波光流彩

它们各自以敏捷或笨拙的行动

变幻着时空中乳白的流岚和大河曲折的走向

还有金雕猎隼黑头噪鸦红胸角雉

咕咕咕围着自己影子转圈的蓝马鸡

它们或是水的凛冽狰狞的面孔

或是波涛温柔无比的侧影

它们与裂腹鱼高原鳅雪莲金露梅一样

都是水的骨肉水的梦想

都是大河有声有色的韵母

听呐,大河的声母

那架在昆仑之巅的太阳的长筒法号

正庄严吹奏人腿骨中红铜的声音……

那声音

缓缓展开了大荒中繁衍生息的波涛之路……

五

悬崖谷底追猎香子的人

刀子搅拌青稞炒面的人

偷牛盗马的人偷羊请客的人

戴墨镜骑摩托追赶着老鹰的人

翻晒青草风声和经书的人

走马无鞍,夜里翻身骑着快活的人

今天的阳光,酥油加糖

昨天到松林中寻仇的人

一个人的命,抵九袋青稞五头牦牛

一头犄角高扬的牦牛

四条皮绳扯腿五个壮汉下手才能扳倒

永远扳不倒的人

是阿尼玛卿山,是活佛座前最高的侍者

黄河在玛曲拐了个大弯

把牛群和乌云赶过甘川边界的人

黄河三角洲上，草尖晃悠的大花蝴蝶

是死去活来的人

是前世，为争夺草场聚众械斗流血丧命的人

六

玛曲的夏天

那一夜

雨水给草原增添了新鲜的氧气

河湾

一顶无灯的帐篷中

我无端想起一位情窦初开的女子

她用一个春天和一个夏天每天采撷草原上的花朵

那些采来晒干的花瓣，到深秋的时候

她装满一只洁白的大枕套

送给我在草原上教书的寂寞的朋友……

我那位朋友曾经喟叹，在他懵懂未醒时

那女子却已远走天涯，杳如黄鹤

"唉，那时，我只当她是我民族师专毕业班的学生

要是枕着山坡一起看看白云，不说话也好啊……"

在玛曲

在那个雨水彻夜不停的夜晚

青草花朵醒着

白肩雕与悬崖醒着

马厩中,河曲马臀部的光亮

让蚊子热血沸腾

夜雨潇潇

河水流年

草根深处,糊涂的旱獭是我的伙伴

七

我记起高原上一个漆黑的夜晚

电闪阵阵

深不可测的裂缝,忽远忽近

天上地下

——在那光明的天堂地狱里焦急挣扎的角逐者

无暇想起要谁投递信件,填平他们的空虚

而我们会用笨拙的笔在羊皮纸上描画

我们珍爱的三叶草、耐烧的牛粪饼、简易的帐篷

我们愿意把无忧无虑的笑声寄给世界上所有的人

我们看惯了河流和草色的眼睛

比鱼类看得还远

我们用河流的智慧

放弃了一切富贵的梦想和热病缠身的苦恼

八

一枚骨针

三尊石斧

记事的绳结

晾晒在史前河岸上的网罟

——都是人类的船桨上最早开花的星辰

在那些古老星辰的拱卫之中

一个红与黑的彩陶

冉冉升起

盛满了荡漾有声的月光

清水荡漾

山坡之上

清水荡漾

在两个人眼里

一颗心上

噢唷噢唷

红是你我

黑是篝火

柄得其斧

白鹳衔鱼

九

风林关里水东流

夜深虫静时

一尊菩萨

从悬崖峭壁的石窟中赤脚跑了出来

峡谷中喧哗的流水

那一刻突然停滞

月光的烟雾开始在水面聚集、上升

——一袭轻纱

升向露水的陡崖

菩萨黑黢黢的脚趾

如果有力量掀开静止的河水

河床上，必定有一个青瓷茶盅

冒出袅袅热气

鼻子塌了很久的菩萨

收回眺望的目光

忍不住打开合十的双手

向内窥视

那里面

有他从前的面容

还是有一只北魏时期的七星瓢虫

无人知道

无人知道

他什么时候又双手合十

悄然转身

返回了洞窟

乌鸦的惊叫中
那冉冉升起的
月光的轻纱
又
缓缓降落水面

河水
重新喧腾
曙色如血

十

黄河的身影无处不在
穿越时空,打破常规

公元前641年
一支送亲的队伍翻过赤岭
霓旌向西,逶迤前行
一支送亲的队伍是黄河大智大爱的支流
从牵牛织女星之间招摇而过

去时别土莫洒泪

大唐公主下辇洗手的倒淌河

云影洁净,最是西海裸鲤温暖理想的产床

嘶风的骏马,莫要回望长安

行进的队伍浩浩荡荡,继续西行……

在那祥云护顶吹笙弹琴的队伍之中

有送亲的专使

身披甲胄的扈从

云鬓香雾的宫女

熟记三千药方的医官

能观测星相占卜未来的巫师

有泥瓦匠铁匠篾匠陶匠造纸匠养蚕人厨子杂役,还有

怀抱凤首箜篌紫檀琵琶手持胡笳尺八铜角海螺的乐师们

跟随载着羯鼓编钟的辚辚马车,一路向西……

你瞧,那个衔叶而吹的深眼窝的年轻人

他用眼睛的余光瞥见一只在云草间潜行的赤狐

金风野火,是他头脑中一闪而过的念头

而数日前飞往扎陵湖的青鸟

一只接着一只,折回来报信

说是那百鸟翔集的湖畔业已架起九百九十座小山似的柴堆

喜庆的篝火迫不及待准备把天地变成通红的新房

说是夜深千帐灯,九天九夜了,松赞干布夜夜向东眺望

他被草露浸湿的牛皮靴子,夜夜染上一层白糖似的银霜……

那些报信的青鸟

并没有在大唐公主的视线中停留多久

就又一只跟着一只,口衔红巾飞往扎陵湖了

它们急于传达送亲的消息

传达额有桃红的公主

不仅给吐蕃人带去了一尊佛像

还带去了史书典籍、金玉书橱、锄头犁铧、芜菁的种子……

一支送亲的队伍吹吹打打逶迤西行

一支送亲的队伍是黄河大智大爱的支流

即将在扎陵湖,和朝霞的血脉汇合

然后,开始新的历程……

十一

……这时的黄河

以一棵树的形象出现在地平线上

在那棵虬枝盘曲

树冠荫蔽百里的树下

一个银甲弹弦的瞽者

膝生莓苔

他飒飒的弦上

有禹王劈山裂石的闪电

有远遁的巨鳌倒淌回肚子里的眼泪

……

那眼泪

只是巨鳌的苦雨

那闪电

——抖落螺蚌

——关照稼穑

却是上苍的恩泽百姓的期盼

却是那棵大树上三千年一新的

青铜枝条

每一枝青铜指向的原野

呦呦鹿鸣

鹿鸣呦呦

至于那棵大树纵横万里的根么

你知道,它不在那银甲瞽者的手上

也不在那即兴发挥的弦上

而是通过一代又一代人的心

扎穿岩层

汲取营养

十二

河水上漂来一只柜子

红漆描金

柜子里有三摞茶碗

细瓷花边,越擦越亮

还有一把银勺

柄儿上有藏文一行:

酥油浇醋,豁嘴唱戏

河水上漂来一只柜子

青鱼锁住

里面藏着一罐土蜜

一罐土蜜

黑熊吮指,青鱼开心的钥匙

在谁手里

帕加小子是水里云
云头骑马,雨地里撒欢——
睡梦中飘来一只柜子
红漆描金
黄澄澄的金子铺满了大水

十三

畜群已经转场
饥餐肉酪的吐蕃人
留下了三块石头的炉灶
白云,和它不急不慢的影子

这样的场景
在河边草地和一些背风的山洼重复出现
灶冷灰黑
或有一只四处寻觅的黄鼬在周围转悠
仔细嗅着空气中烟火的味道

作为一个迷恋过去的人

我是一茎草芽芽尖的露珠

是露珠里一口沸腾的铁锅

坐在天边的火烧云上

我是空山新雨后冒头的蘑菇

夜里听雷，晨前伸腰

而那一枝离炉灶稍远的金露梅

像是到了年龄就另立帐幕约会情人的吐蕃姑娘

暗香袭人

黄鼬不知

一根马鞭

把闪电大河插入昨夜

十四

……一座城市

最早是铁匠铺

是打马掌锻腰刀红缨马铃走四方的十字路口

是紫貂皮换酒的去处

是茶马交易的光的集市——在甘青川交接的

雪山之下

现在

它闪烁着冷冷的城市之光

如同一块琥珀

躺在草地当中

如同一个幼儿

在大河的臂弯里静静做梦

曾经,我到过它空气稀薄的梦里——

我是一个生怕冲撞无处不在的神灵而不敢走快的过客

我是一个拒绝入住豪华宾馆,宁愿

在河边草地上搭一顶简易帐篷的富商,因为

我是惯于倾听风霜冷雨的吐蕃人的后裔

我是刺青于一个男人胳膊上的女人,急于怀孕

我是一个走遍草原收购羊皮的穆斯林

我是一个关心赛马节议程并想成立

黄河湿地动物保护中心的学者和诗人……

哦,我曾经是那么多的人,带着虔诚之心和风的面孔

我还是无数黑颈鹤

挥舞着翅膀在水泽草地翩翩起舞,声鸣九皋

最终,我是绕城向东的河水

会给明早碰见的第一个人带去

一柄黄金的如意

我会穿过秀麻峡野狐峡龙羊峡青铜峡三门峡

……东归大海

我有更远大的前程

我深水静流,从容不迫

现在

我刚刚离开海拔4000多米的高原上

这座真实与梦幻的城市

十五

朦胧的黎明

大地渐渐显露梦醒后富足的表情——

露水中的山峦、乳雾漂流的草地

因为曲折复杂的经历而趋于宽容平缓的河流

大片成熟的油菜花

　　　——那是吐蕃人的黄金,热烈,沉甸甸

就像他们的性格,豪放却又内敛

那时,一捆捆蜂箱中睡眠还很甜蜜

金星因为爱慕雄强的黑头蜂王而自甘堕落

就像那只湿了翅膀的雌蜂在箱体上慢慢爬动
寻找着通往世界的大门
那时，有无数飞鸣的水滴
撒向我们的心灵，自大河岸边一座藏有舍利的白塔

那时，畜群已经出动
走向漫无边际的山野草甸
跟在后面的
依然是那支古老的歌谣——
天留下日月
佛留下经
人留下子孙
草留下根

2012.9.22—10.7写于兰州—嘉峪关—兰州

鄂尔多斯：飞行的湖

一

戴胜鸟

一只，又一只，疾速飞过

那自信的盔缨下

是哲别木华黎速不台失吉忽秃忽

——消融于瓦蓝色天空的脸

瓦蓝的故乡

白云的宫殿里

酝酿着一场空前的行动

——借星河之水，冲洗大地人心

戴胜鸟

一只，又一只，疾速飞过

忽高忽低的影子

请带上我参赞的身心

二

高空，变化万千的云团

是飞行的湖

来吧

来到白天鹅和薰衣草的梦里

来到饮水的梅花鹿突然抬头凝望的纯净又温柔的眸子深处

来吧

来到蒙古人宽阔的胸怀

在额尔多斯黄金的大漠里

认下准备好了风干羊肉炒米奶茶款待客人的黑脸膛安达

认下在一座寺庙周围的海子

她芦苇的睫毛上

悬停着

一只青红不定的蜻蜓

来吧

落地是情

情真义切

三

溜进灌木丛里的野鸡
它长长的花尾巴多漂亮呀
就像是一道流星

黑夜里的流星
带着圣主成吉思汗的令剑令牌

草原已经沉睡
草,竖起马的倾听风霜的耳朵

你已经闭上眼睛
你用你大腿间涌流的甘泉
赞颂圣主

四

傍晚的雷电
四处挖掘着
蒙古硬币

被无数马蹄踩踏过的大漠上

在一座被风撕碎的毡包里

有一位一生只用一只银杯喝水的老人

他的眼睛瞎了

耳朵聋了

他的指甲

是出土的白釉上

褐色的花朵

是一场过雨之后

摆脱了哀伤的星星

他把盛满回忆的杯子

一遍遍

举向了你的嘴唇

五

天苍苍,野茫茫

偌大的祭盘

和盘托出

一具男性的肉苁蓉

——成吉思汗的权杖

难道需要精气淋漓的霹雳,时时加以重申

六

伊金霍洛:圣主的陵园

青光粼粼的乌兰木伦湖上

你瞧,那只孤独的野鸭子

就是忽兰皇后不时翘起的靴尖

倒映的火烧云

成吉思汗的金顶大帐里,灯火依旧璀璨

人歌人哭水声中

你瞧,蜘蛛是黄昏栏杆上永久的游荡者

要在你的眼睛里布下蛛丝马迹

蜘蛛　蜘蛛　蜘蛛

那只跑得最快的就是成吉思汗今天的马

今天的,大拇指一般大小的马噢

七

透过落日

透过金辐条的勒勒车那碾过草原大漠的高大木轮

我所见到的　不是蒙古人马奶酒流溢的营垒

不是从马头琴呜咽的琴弦上向一个女人的腹肋

踉跄流去的河流

我所见到的

是一架大型的现代化吊车　伸向苍茫的钢铁长臂

辽阔的额尔多斯啊

谁会像我一样　需要提取你全部的　宁静的力量

八

伊金霍洛的夜空

一弯细长的月

塔塔儿美人的腰肢

白得如同缝在成吉思汗右襟的银线

和他午夜的酸奶

九

九九八十一匹公马的长鬃　在鹰翅的高度飞扬

哈日苏勒德

它为什么提醒　不让女人靠近

长生天啊

如果走进岩石的男人就是岩石

祈祷会使你变得比柔弱的女人更柔弱吗

十

地下沉睡的乌金

都有火苗的心

鄂尔多斯的雪风

你何时吹空了我的草原

人影吹走魂留下

魂儿压在枕席下

想他恨他

我要和他的魂说话

一宿一宿的黑暗

快快长大

长成健壮纯黑的公山羊

纯黑的牺牲

头角对准东方

从地平线上走出来的太阳

就是我的新郎

我的新郎　长袍上镶着金边

十一

鄂尔多斯飞机场

一架在轰鸣声中起飞的飞机

像一只收拢的手

骆驼马牛鸡犬羊群

牧野上灌木丛生的沙丘绿松石般散落的海子

分割悲欢离合的小路穿插村镇人生的大道

统统归于这只沉稳抬高的手

这手底下

依旧是苍茫大地　依旧是祈祷风调雨顺的芸芸众生

这手两侧

变化万千的云团

正是飞行的湖

湖里鱼儿

瞅见机翼上闪烁的尾灯

正是新诞生的天可汗　红宝石一般温暖的戒指

    2014.8.2—3　自鄂尔多斯归来后作

反弹琵琶：敦煌幻境

一

落日一碗酒

沙岭之上。席地而坐

我得听我影子口干舌燥地劝说——

干了吧

趁血犹热酒尚温趁尚未风吹

沙平，有那可怜小虫儿留下的

一行歪斜的足迹——可以下酒

咀嚼——如你写过的诗句——

时间到了，她荤腥的线索

尽被星星收藏若无其事

干

落日一碗酒

晃出的不是丝路花雨天花乱坠确乎是我

西天取经路上摆脱诸般困厄后的那一腔热血

两股清泪

二

月牙泉
这里是我解剑饮马的地方吗

一群鱼儿趁黑把一张铁背弓抬到天上
一群鱼儿从此变成弹琴的手指　一群鱼儿知道

我把自己的和向我射箭的
人的眼睛都变成这一牙清泉汩汩的泉眼了

三

垂目遐想的菩萨
借我你腰间的丝绦一用
我不会拿它将沙漠里的两棵旱柳捆绑成夫妻
自玉门关乌有的城墙上一寸寸垂放下去
我要吊西域半个月亮上来吊一块羊脂玉上来
吊她上来

我是玉门关的总兵

我是瘦影横渡霜天的那一只孤单的雁

此刻，我就把她吊在我嗓子眼上

菩萨啊，我凄切的声音

是你的是火的也是她的魂牵梦绕的丝绦呀

四

请到一颗被太阳的酒浆鼓胀的葡萄里找我

请到吸收消化黑暗的棉花地里找我

请别说风轻云淡什么的话

请到莫高窟的一座洞窟里找我

我不是护经者

亦不是那个眉毛低垂内心喜悦的供养者

请到一幅唐朝青绿山水的壁画里找我

请到生死轮回因果报应的善恶世界里找我

请跟着松风找我，随着流水明月念我

请在一头九色鹿凝睇看人的眼睛里看我

——大男子，你要尽善尽美顶天立地

五

常书鸿：众多沙岭拱起的金色巅峰上

一幅边框纯黑的眼镜，被风沙磨损的镜片带着冰纹。

段文杰：戈壁中一辆载着落日的颠簸的卡车

反方向行驶，驶向佛光无量的白昼。

樊锦诗：白菊花开在通往莫高窟洞窟的

每一架蜈蚣梯上。菊生露，露映霞。远天有鹰。

敦煌：一座由常书鸿段文杰樊锦诗担任

名誉校长的弘文大学堂里，儿童如

千佛集合正出早操，咚咚的脚步声

在白霜覆盖大地的清早咚咚咚咚……

由远而近由近而远

                                2015.10.31
                                     11.1

满江红

一

马踏流火的人
一朵火烧云
给历史的坏账死账作一个永久的火漆印记吧

二

烂银也似的月亮怎么烂得淌水化脓呢

哎——
马前贺兰山
马后狐狸乌鸦黄鼠狼

三

泥马渡江向南
铁衣过河往北
灵隐寺外金黄飘香的桂花

不知匈奴的脸玄黄还是蜡黄

四

爱卿，有本只管上奏
徽宗皇帝再也不能与他描写完最后一笔的鸟儿深情对视
那口滑舌尖的弄臣立在颤悠的花枝上，立在赵构眼前
露珠儿欲坠：陛下有喜

五

阶下红树青苔
不青不红的秦桧
半张脸不明不暗一直活着

六

畏大人
畏小人
畏跑肚拉稀招架不住

七

凭栏处秋雁啼
壮士谁肯断臂

文人吃醋

西湖醋鱼文绉绉投其所好

八

十二道金牌

倒是没人贪污

九

莫须有

手段辣

十

他们惯于胶麻剥皮

他们惯于血肉相见

他们审查有棱角的石头

剥皮看心

十一

无法无天

无中生有

无理而妙

无耻而终

十二

收心为寺

纵欲成亭

风波亭外神州黯

2016.6.18

星月菩提

一

百合在荒山僻壤里耐心生长
一年三年
没着急让明月削价啊

二

闪电早已土得掉渣
惊人的语言
是蚁穴中的千里长堤
你要习惯把苦闷的雷声压在舌底

三

他双手捧着一颗因惊恐而皱缩的心
像捧着不愿交纳给死亡的水果紧走慢走
黑影尾随,他眼睛的余光——警戒线且防且走
月亮的薄铁皮被风吹得咔啦乱响

四

他失眠

他不知如何收集他分裂成的那些碎片

恢复一轮没有经过丧乱与污染的月亮

他不是杜甫如何同样心事重重

五

鸟翼是飞檐的度牒

月下瓦罐寺

大丽花的花蕊充盈于

暗中的火的呻吟

六

他沉溺于往事

他消失进自己眼睛的旋涡里

在他照过的镜子前面

唯有一双鞋子像搁浅的鱼儿不能游回水银深处

七

为了高衙内陆虞侯还顶风冒雪

急急奔忙在去沧州草料场的路上

我只愿意为木星土星和火星帮闲

替它们拈花惹草写下这些要命的文字

八

我把那个向我不断投掷石块的人

留在了我再也不能回去的梦里

他手里的石块会使他停留在空中的手臂残废吗

原谅我醒来，饭蔬食饮水曲肱而枕之

九

灰烬的座位上

空虚之王用银杯喝下凉水

没有什么可以追悔

寺钟。山谷里的娃娃鱼

十

乾坤一腐儒，要么杜甫

灯下草虫鸣，要么王维

要么是雨中白色的大桥

桥下行船，桥上过客

十一

我的心可是有虫眼的果实么
我用虫眼看鸟雀的天空就好
看星星月亮不按太阳办事就好
我坐在自己的小心眼里眼藏仁爱

十二

昨天或明天她还是小姐还是夫人还是
后花园里活泼荡漾的流水。卸下满头珠翠
现在她是午后沙发上一小块不失体面的秋阳
她欠身坐在她自己的右面,疲惫而又沉静

十三

他难以实现的念头是租用一架喷气式飞机
用它喷出的白色烟雾在蓝天上写下:再见
然后跳伞投向你梦里
而不是投向大海或草原

十四

厌倦逢迎厌倦低眉顺眼

厌倦八小时之外的服务厌倦吃喝闲聊
厌倦明月来相照厌倦做爱真的厌倦了
他把自己从身体里开除出去

十五

面朝大河的音乐厅：建筑基础是水里的星星
像跳跃的小鹿突然停住钢琴家弹奏的手影
蛛丝垂挂　仿佛白天黑夜交替的雪地上
微风吹动着小鹿腹底　新生的茸毛

十六

一穗饱满的麦子向大地鞠躬
上天也跟着俯下身来
我对你的感恩岂止是双重的

十七

哭笑不得的日子早已结束
善与恶编制的紫荆冠
等待沉默之王认领
"太阳落下，我来了"

十八

秋风的长堤上只有落叶

我已年过半百

牵挂或忘记谁都是一滴无奈的露水

我当落日是只忠实的小狗陪着倾向西北的天空

十九

炎热退去

我先按下寒蝉的苦音

我垂挂秋水瀑布于你们久旱无雨的心上

我的踪迹却不在任何一幅仿古山水里面

二十

在赢得整个大地之前

我需要的只是放松

放松　放松

呀　山空　松子落

二十一

沿河边走着无人和我说话也好

那在水上追逐的前侣鸟翅一翻

后影就看见另有一条大河

晨光潋滟　　在我心头

二十二

我越来越有耐心

山冈在浮云下面石头在溪流中

草根回忆雨中红花和久远的秋风

祝愿坏人也可以活得再长久些坏得慢些

二十三

别贪鲜

别思量用青葱样嫩小的黄河鲤鱼做一碗醒酒汤

振衣山冈

桃红柳绿河水平静我让我高处放眼低处欢喜

二十四

浣花溪　　麻婆豆腐　　薛涛笺如红酒

我们期待将来重逢　　或在一首狭小的诗里

第一颗星从我们的低语里升起

花椒树

二十五

他在露台刷油漆　风雨斑驳的栏杆

每一根都反复刷　刷得仔细　阳光里

绿色的油漆容易卷皮脱落　像诗人梦里

斜飞的蛾子　许多失控的字句　写废人了

二十六

我想把这一颗不规则的绿松石记她名下

温润多情　纯净　至于它身上黑色的纹线

并不喻示她过去独自走过的道路错综复杂

只说明我血管覆盖她心脏的网络天生发达

二十七

净化朋友圈

只剩下她和我

许多女人只是她一个　在她眼里

别的男人只是我　和床上的月亮

二十八

星辰在空中排列葡萄于架下成熟

我遵从自然的法则爱的法则

把这些水珠以虚无的线串连起来

我等待着持有它的　菩萨

2016.8.13—19于兰州

8.23于哈尔滨改定

月光下的梦

一

那丛百合花中隐藏着雄狮的眼睛
那丛解散着雾的百合花
有些蜜也似的嫩红……

二

交颈的马头梳理着对方的长鬃
它们仔细的牙齿比月光耐久

三

我的双脚没穿袜子
你转身离去,背影
像一块草绿色毯子

心寒,胜过月光

四

我和月亮疏远了

不管它圆不管它缺

不管它住着皇帝还是锁着蜘蛛

我要去写墨菊

我要去写墨菊的晴天白日

——我光头招摇夜市

要去吃碗杂碎

五

一面宋代的八卦铜镜

映照着我的脸

一个藏锋露锋的瘦金体字儿

藏住李师师的娇喘

朕心头的一片嫩叶

(青似西岳华山

青似一日雨后……)

六

月亮是人类最后的一座房子

它白色的墙皮在掉落

它渗水的白色的墙皮

在无声地掉落

丁香花多么香

老鼠们吱吱地叫着

在荒废的大学校园里

老鼠们围着丁香树跳舞

月亮

已经在老鼠的颂歌中开始坍塌

那人类最后的一座房子呀

丁香花已经香得没头没脑

2016.3.13

花城记

一

关于这座城市我所知甚少

棕榈树柠檬黄的上弦月

多少人梦里的金银被珠江卷走

多少人在泪水与汗水中泅渡

一个孤单的影子刚冒出头

却被一个浪头打翻像金属的螺丝帽

沉向黑暗的水底

——那里有和礁石黏结的铜钱吗

一疙瘩锈迹斑斑的大清的铜

能买到珠江两岸万家灯火中的一星一点吗

关于这座城市

关于芸芸众生的生死疲劳魂牵梦绕

我真的所知甚少

二

我们在一起品茶

茶的味道

寺贝通津桂花飘香的味道

诗的味道

金桂半圆的树冠上空

弦月像被我们的谈话雕刻的扇贝

玲珑精致

弦月

也被珠江喁喁私语的细浪雕刻

在我们沉默的时刻

而我们的沉默何其短暂

白瓷茶盅留在各自指间的余温

已成记忆

三

沿着林荫道我漫无目的

朝夜的深处散步

没有人认识我

棕榈柠檬桉小叶榕铁冬青白千层

许多树已经活过了百年或者更长时间

它们见多识广什么都能够接受

接受《大同书》《民权初步》

也接受我的孤单忧伤

接受一树三角梅在暗地里把我的心跳

翻译成冬夜里跳动的火苗

是的

当我若有所思继续走下去

它们甚至接受我的身影

于地面参差如水草的树影里

变成一条蓝色的鱼

一道蓝色火焰

带着对平静生活的背叛

跃入珠江的激流

2016.11.12

南山图
—— 赠杨立强先生

雪景

南山雪厚
不见雉雏

云卧坡缓
耕地休眠

山屋含显
树木短长

长似儿女情
短如山头松

可以生火
可以生育

可以
忘却天下事

安坐热炕
向窗外望去

谁的后背肌肉鼓劲
还在雪地挥汗劈柴

秋山

不见负薪人归
磊磊石头
和一条溪流私语

满山落晖
胭脂烫酒

孤村藏阿娇
明月来洗脚

水声清

虫声空

夏日童谣

过水采萍

荷花把你记住了

用铺在水中的一道朝阳记住了

用飞着的一对蜻蜓记住了

用牧童骑牛经过的旧板桥记住了

用牛背短笛和七月的蝉噪记住了

荷盘里滚动的露珠和含苞的花朵

记住你的泪水与微笑

荷叶的筋与你手腕的静脉相通

记住了

黑暗根部的淤泥和水深火热的石头

记住你的出身和苦熬

过水采萍

荷花她记起的自己长你心里

记不住的好吃头　荷叶叫花鸡

杏花开了

苍苔老瓦

住在一块积墨下的虫子

听到一群鸡在周围谈论——

"美是自由的象征"

杏花觉得不是鸡

是一群自己，前后左右不住点头

2017.4.30

七月之殇

> 烈酒真性，妙道我闻，高情自成大境界。纵然先生今已矣，魂魄长升星斗酒。
>
> 西风残照，异峰他起，野诗恍若小昆仑。到底我辈后如何，河岳时集英灵风。
>
> ——挽老乡先生

七月蝉噪
出卖树冠

铁石生烟
没有荫凉
到处没有

肺已失火
褐色的血
把月季的行程
凝结在临终的嘴唇

你要见什么人

你要说什么话

死亡已经敲门

攥着海河之水的拳头

敲一间病房的门

灯塔在新港

淹没于太阳的白光

中午的石灰之歌

小白楼在高烧中昏睡

沉船之瓷深水下呓语

山水浮现于瓷胎

松下置酒

仕女抱琴

那是异代同时之梦

梦从你身上

带走自由的肢体

宋瓷于冰裂中完成词的绝响

你头发凌乱

蜷卧病床

池塘的绿

草木的绿

分送窗户

那绿纱窗

那绿豆汤

离你何其遥远

家,何其遥远

你躺在一间死亡敲门的病房

你要见什么人

你要说什么话

什么烟抽着劲大

什么酒喝着够辣

卷上大西北的星星莫合烟

能把冬天的雪人呛出眼泪

高粱酒醉倒昆仑仙人

一棵歪脖子树咧着伤疤笑

总比咧着嘴巴哭让人瞅着高兴

……

可那攥着海河之盐的拳头

咚咚砸门

闷雷,从七月的夜空

砸下雨点

你不肯与死亡照面

却提前到达了闪电的花园

雷雨之后

银河的水都是漾漾的酒

满天星星抓一把都是光芒的豆芽

好菜　下酒

吃酒做神仙

你还会忍不住白眼人间

谁是玉帝的密探

谁的手伸得那么长

若回望

望望渤海渔火

明明灭灭

渔人还在海上

说着天下兴亡

2017.7.12
7.14改定

孟达令

一

寂静以万物为中心

一只秋蝇
嗡嗡之声成倍地
扩大午后的山谷

青峰自重
沉默保持倒影

二

喜鹊盗走
白云的铃鼓
黑夜的铃鼓
从天池底部
喜鹊盗走

青海的舌头和雪山

墨绿的手巾

鹊尾三翘

弹压情人的心跳

三

撒拉撒拉

腰肢说话

石头缝里淌清水

花儿换个唱法——

白桦脱取皮肤

把誓言写下

四

涟漪动风的心思

翅膀按风的悲喜

树木抄风的日记

群峰说风的荣枯

侧身入风

谁来闲谈风的定力——

风中之眼

她若不肯断绝

云的念头雨的消息

我当然敢于指认

我幻觉的飞鱼正是香音神

水蓝的胸衣

水起

风生

2017.8.19

注：孟达天池在青海循化撒拉族自治县东部。